藍染袴お匙帖

風光る

藤原緋沙子

双葉文庫

目次

第一話　蜻　火　7
第二話　花蠟燭　83
第三話　春落葉　158
第四話　走り雨　238

風光る

藍染袴お匙帖

第一話　蜻火《かげろひ》

一

「千鶴《ちづる》先生、ありがとうございました。いや、まことにまことに、命拾いをいたしました」

岩井町で酒店を経営する三崎屋の伊兵衛は、迎えにきた番頭の手を借りて町駕籠に腰を据えると、ねんごろに頭を下げた。

伊兵衛の膝は白い包帯で巻かれている。

「命拾いだなんて……腫瘍といっても、なんども申しましたが悪性のものではありません。養生なされば日を追って良くなります」

桂《かつら》千鶴は、駕籠の中で白い顔をして座っている伊兵衛に、にこやかな笑みを見せた。

伊兵衛の目線まで腰を落として応じる千鶴の黒髪や白い襟足には、柔らかな陽光が光っている。

伊兵衛はたった今、足に医術を施して貰ったばかり、さすがに疲れた様子なのだがまだ男盛りの四十前、千鶴に明るい顔で見送られると相好を崩すのであった。

それもその筈、千鶴の濡れたような黒い瞳に見詰められると、ぞくっとするような熟れた女の色香がみえる。

当の千鶴はそんなことには頓着なく、もっぱら自分を頼ってくれる患者の治療に懸命で、医学館の教授方であった父桂東湖《とうこ》の遺志を継いで、江戸府内でも珍しい女医となって三年が経つ。

「では、改めてお礼に参ります」

伊兵衛は礼を述べると、駕籠の人となった。

駕籠は屋敷を出るとすぐに右手に折れて、藍染《あいぞめ》橋を渡ると町並みに消えて行った。

千鶴が立っている家の前の通りは藍染川沿いにある。

この家はその昔、幕府の医師若原道有《わかはらみちあり》の屋敷があった場所で、千鶴の父は医学館の教授となったその年に、この藍染川沿いの道有屋敷跡の一画に二百坪ばかりを買い求め、住居兼治療院の屋敷を建てた。

母は遠い昔に亡くなっていて、この家に移ってきたのは父と千鶴だけだったが、当時は医学生が出入りしていて賑やかだった。

父が亡くなった後は千鶴が主《あるじ》となって、往時を思えばひっそりとした暮らしだが、弟子のお道と、昔から女中として住み込んでいるお竹もいて、治療に来る患者の出入りも年々歳々に増えていて、これはこれで賑やかな暮らしだと思っている。

なにより、裏庭に広がる薬園は医者にとっては貴重なもので、この家で自分も一生市井《しせい》の医者として尽くしたいと千鶴は考えているのであった。

そういった住家《すみか》や町に対する愛着は、千鶴が往診のときに着用する袴にも表れていて、西陣で織った平織の生地をわざわざ近くの紺屋で染め上げて愛用しているのであった。

だから人は、千鶴のことを藍染先生とも呼び、千鶴先生とも呼ぶのであった。

伊兵衛の駕籠が渡って行った藍染橋は、家の前の小路から左手向こうに見えていて、橋の袂にある一本の柳の枝が靡《なび》くのまでよく見える。

千鶴は、藍染橋から目を戻すと、ふっと笑みを漏らして踵を返した。

恰幅のいい伊兵衛が、膿を出すために膝を切開した時にみせた、悲鳴を上げたあの顔を思い出したのであった。

瓦屋根の引戸門を入ろうとして、千鶴はかけてある『桂治療院』の看板に目を止めた。

看板は長年の風雪に耐え、黒ずんでいた。

「お父様……」

千鶴は看板を見る度に父を思う。しかし感傷にふけるのも束の間、すぐに玄関に向かう石畳を踏んだ。

まだ患者が一人、治療室に残っていたのを思い出した。

玄関をあがって待ち合いの部屋を過ぎ、治療室に入ると、千鶴を待っていたかのように、腹這いになったおとみが千鶴を呼んだ。

「先生、千鶴先生」

おとみは千鶴の弟子のお道に温湿布をして貰っていた。

熱い湯に浸した厚手の布を油紙で包み、腰を暖めているのである。

「なんだかぽかぽかしてきましたよ。先生に塗って頂いた軟膏がよろしいのか、ずいぶんと痛みがとれました」

「それは良かったこと……」

千鶴は相槌を打ち、隣室の調合室に行こうとするが、

「先生、それはそうと三崎屋さんは、案外弱虫なんですね。あの大きな悲鳴、笑ってしまいましたよ」

おとみは、くすくす笑って言った。

「おとみさん」

千鶴がたしなめると、

「だってさ、先日あたしが三崎屋さんにお節句の白酒を買いに参りました時にね、まあ店は押すな押すなの大繁盛で、旦那風吹かせて恵比寿顔だったんですよ。それがまあ、ぎゃーとか、ああーとか、みっともない大声出して」

おとみは今度は歯茎まで見せて笑い、

「噂じゃあ、相当のけちんぼだっていうから、儲けてばかりいて、どこにも施ししないらしいですからね、罰があたったのかもしれませんよ」

「おとみさん、口が過ぎますよ」

千鶴はおとみの側に座った。

「それにしても勿体ないねえ、その器量でまだ独り身なんだから……世の中の殿方の目は節穴ですかね。なんだったら、あたしが仲人してさしあげてもいいですよ、先生」

「冗談はおっしゃらないで下さい。わたくしはまだまだ、やらなくてはならない仕事があるのですよ」

千鶴は立って、障子を開けた。

柔らかい陽射しが縁側から入って来た。

庭には満開の桃の花が一本、愛らしい花をつけていた。

つい先日まで梅の花を楽しんだが、桃が終われば桜が咲く。庭の周囲は木々が茂っているが、ほとんどは薬園となっている。

「きれいだねえ……ごくらく、ごくらく……」

おとみは桃の花を見ながら笑ってみせて、

「本当にあたしはね、近頃思うんですよ。嫁は気に入りませんがね、可愛い孫にも恵まれて、苦労した甲斐があったとね……もっとも、働き詰めに働いてきましたからね」

「おとみさんは、昔なにやっていたんですか」

側で聞いていたお道が、おとみの腰から湿布を取り上げて、はい、いいですよと言いながら、おとみに聞いた。

「あたし？……取り上げ婆やってたんですよ」

「まあ……それじゃあ、息子さんが所帯を持ったところで、ご隠居さん？」

「いえいえ」

おとみは起き上がって、乱れた着物を整えながら、

「恐ろしいことがありましてね。それで嫌になったんです」

「恐ろしいこと？」

千鶴が聞いた。

「先生、聞いて下さいますか。去年のことでしたよ。あたしはある大店《おおだな》から使いを貰いましてね。根岸の別荘に参りました。ところがそこにはお武家のご妻女が待っていたんですよ」

おとみは、二人の顔を交互に見て、ここだけの話だと言い、声を潜めた。

おとみの話によれば、待っていた妻女は懐妊していて、お産のためではなく、子堕ろしのためにおとみを呼んだのだと言い、手を合わせて懇願した。

不貞の子だということは、すぐに察しがついた。

どこの何様の妻女なのか、名も名乗らない相手に、おとみは首を横に振った。

もしも手順がうまくいかず、妻女の命を落とせばこっちの命が危ないのである。そんな話には乗れないと思ったのだ。

確かにおとみは、それまでにも子を取り上げるだけではなくて、どうしても子を産めない家の事情がある女の腹の子を、気は進まないが堕ろしてきた。

しかしそれは中条流の医者で、通称女医者と呼ばれる子堕ろしの医者を頼めない貧しい人たちの話であって、夫婦家族も納得の上での子堕ろしであった。

第一おとみは、中条流の医者ではない。世間の裏道を行く子堕ろしの婆さんでもない。

中条流の子堕ろしの手順は、万が一のために見よう見まねで取得したものである。

おとみはそう言って断ったが、万が一の事があってもそれでもいいと泣きつかれ、断られたら自害するしかないなどと言うものだから、しぶしぶ子堕ろしを引き受けたのであった。

妻女の口に子堕ろしの薬をまず飲ませ、腹が痛んできたところで、ほおずきの根を使って二日がかりでやっと腹の子を堕ろしたのである。

だが、子を取り出した時、渋紙に包んだ子がぴくっと動いたような気がして、肝を潰したのであった。

「まだ懐妊して三月四月《みよ》ばかりの子でしたから、生きている筈はないのですが、罪に手を貸したという恐ろしさでいっぱいになりましてね。取り上げ婆をやっているといつまたこのような罪に罪を重ねるようなことをやる羽目になるかもしれないと……それでね、きっぱり止めました。まあ、そういうことです。先生だってそうでございましょうが、命の生まれるのを手助けしたり、命を救うのならば功徳《くどく》もあろうというものですが、ああいうのはいやですからね」

おとみは、しんみりと言った。

「そう……おとみさんも、大変な思いをしたことがあるのですね」

「はい……千鶴先生のように立派な先生には無縁の話でございますがね。でも先生は女だてらにお偉いですよ。そんじょそこらのお医者様も先生には勝てない程の腕をお持ちですからね」

「おとみさん、褒めすぎですよ」

「いえいえ、皆さん、そうおっしゃってますよ。藍染屋敷の先生は違うって……

どうぞ、私もずっとお見捨てにならないで下さいまし。約束ですよ、千鶴先生」

おとみはそう言うと、千鶴が調合してやった腰痛の薬を持って、軽い足取りで帰って行った。

南町奉行所同心定中役《じょうなか》の浦島亀之助《うらしまかめのすけ》が、手下の岡っ引、猫目の甚八《じんぱち》を伴って千鶴を尋ねてきたのは、おとみ婆さんが帰ってまもなくのことだった。

定中役というのは、他のお役目に手が足りない時に、臨時に補佐するお役目で、当てにされてない、通常のお役目の人員からはみ出している同心のことである。

従って気楽なことこの上ないお役目だが、同心としての気概は捨ててはいない。

しかし、亀之助はなにかにつけて、同心仲間に相談する前に、千鶴の所にまずやって来る。

ばりばり仕事をしている同心からみれば、蚊帳の外の人間だと見なされていて、その憂《う》さ晴らしにせっせと千鶴のところに通う哀れな奴だと思われている。

やれ、「あれでは女房に逃げられるのも無理はない」とか、「高嶺《たかね》の花に横恋慕して、身の程知らずめ」などと悪評散々なのである。

しかし当の亀之助は一向にそれらの噂を意に介せず、千鶴先生はあの高名な桂東湖先生の娘さんで、本道だけでなく外科も習得していて、両町奉行所の犯人探索や被害者などの死亡原因の相談にのることもあり、また小伝馬《こでんま》町の牢屋敷の女囚部屋にも出入りしていて、確固とした地位を築いている医師である。職務上の相談相手として、これほどふさわしい人物はいないなどと言ってみせるのだが、しかしその言い分はあくまでも言い訳に過ぎないのは誰の目にも明らかだった。

亀之助は千鶴にぞっこんだったのである。

「千鶴先生、よろしいですかな」

気の小さな亀之助は、巨体の持ち主の癖に、足を忍ばせて廊下を渡って来る。

「あら浦島の旦那、今日はどんな御用で先生を泣き落としにいらしたのですか」

お道は、白い歯を見せて出迎えた。

「嫌なこと言うね、近頃の娘は」

亀之助は、ちくりと蚊に刺されたように体を揺すった。

「だってそうでしょ。困った時にはまず先生を頼ってみえるじゃありませんか」

お道は日本橋の呉服商『伊勢屋』の次女で、何不自由なく育っているから、言いたいことをぽんぽん言う。

「お道ちゃん、お茶淹れて下さいな」

薬箪笥の前で薬を調合していた千鶴が言った。これ以上亀之助をからかったら、亀之助はすぐに膨れて居座るから面倒になる。

千鶴はお道を、茶運びを理由に牽制したのであった。

「はーい。先生、お茶は中の下でよろしいですね」

亀之助の不服顔などどこ吹く風と、お道は台所に走って行った。

「先生、なんとか言って下さいよ」

情けない声を出して調合室を覗いた亀之助に、千鶴はくすくす笑って、

「今日は、なんでしょうか」

悪戯《いたずら》っぽい目で、亀之助を見た。

「弱いな、そんな顔されると」

「早く話して下さいな……また、患者さんがみえたら、落ち着いてお話をお聞きすることはできませんよ」

「分かりましたよ……いやね、実は先生に調べて頂きたい白骨があるんです」

亀之助は突然、おそろしげな話を持ち出した。

「白骨?……」

するると横合いから、亀之助の手下の岡っ引が言った。

「ええ、人の骨でさ。先生、それがですね。うちの旦那が二年前に手がけた事件で神隠しにあったと思われる夫婦がいたんですが、その事件にからんだ骨じゃねえかと……」

岡っ引は猫八という。

猫八とは猫目の甚八を短くして呼んでいる愛称だった。猫の目のように、くるくると旦那の亀之助にかわってよく働くから、皆そう呼ぶ。

「骨は今どこにあるんですか」

「掘り起こした現場に置いてあります。先生に引き受けてもらえるのなら、ここに運んできますが、いかがでしょうか」

「いいえ、わたくしも現場を見てみたいですから、ご一緒します」

千鶴は早速奥に入って、鮮やかに染め上げた藍染色の袴を着けた。

「猫八、やっぱり千鶴先生だな。よし、これで汚名返上だ。白い目で俺を見ている奴等の鼻をあかせるぞ」

亀之助は、ぐいと肩を張って見せた。

「先生、こちらです。足元に気をつけて下さい」

千鶴が連れていかれたのは、堀江町一丁目の角地であった。

目の前は東堀留川が流れている土地で、坪にして二十坪ばかりの土地が掘り起こされて、武蔵野台地特有の黒い地肌を見せていた。

春の陽気で、土の香りが漂っていた。

亀之助は、足元に注意を払いながら奥に進み、

「建て替えをするために、以前あった店を潰したところなんですがね、縁の下から白骨が出てきたんです。ああ、これです」

亀之助は、筵《むしろ》をかけてあるその場所を差した。

「おい」

振り返って猫八に指図すると、猫八が筵をめくった。

白い骨が、黒い土の上に無造作に置かれていた。

「まあ、こんなにばらばらになって……」

千鶴はしゃがみこんで、痛ましい顔でざっと眺めると、亀之助を振り返った。

亀之助もそこにしゃがんで、

「地ならしをしていた人足が、気味悪がって乱暴に扱ったらしくてね。骨は捨てるつもりだったようですから……。それを、念の為と言い出した者がいて、奉行所に届けて来たんです」

千鶴は亀之助の説明を聞きながら、懐から白い布を取り出すと、それに包み込むようにして胴体から外れている頭蓋骨を取り上げた。

頭蓋骨のてっぺんに、細長い穴があいていた。

「どうですかね、先生……長崎に留学された先生なら、こういう白骨にもお目にかかっているんじゃないかと思いましてね」

「………」

「こういう傷は、たとえば階段から足を滑らせて落ちた時などには、出来ない傷ではありませんか」

「陥没はするでしょうが、これは明らかに違いますね」

「するとなんですか。鈍器で殴ったとか」

「いえ、それも違います。鋭利な刃物のようですね」

「……」

「昔ね、ずっと昔に、どれほど昔のものかそれは分かりませんが、お墓があったと思われる場所から骨が出たというのを見せてもらったことがあります。それにもこれと似たような穴があいていました。槍か刀か、とにかく何か鋭利な刃物で突かれたのではないかということでした」

「するとこの白骨の主は、殺されたのだということですね。殺されて縁の下に埋められていたのだと……猫八、こりゃあ徳蔵だ。徳蔵に違いない」

亀之助は、わが意を得たりというように頷いた。

「徳蔵？」

千鶴が聞き返す。

「ここの住人だった男ですよ。本石町に『相模屋』という大きな木綿問屋があるのですが、そこの番頭をしていた男で、所帯を持ってそれを機に、暖簾《のれん》分けしてもらって、ここに店を出していた男です」

「ここに来る道すがら、話して下さった人のことですね」

「そうです。ここに小間物と古着屋の店を出していたんですがね」

亀之助は、土くれになった土地を見渡した。

「浦島様、なぜ木綿屋でなくて小間物屋なんですか。暖簾分けしてもらったんでしょ」

「……」

亀之助は考えている風だった。そういう詰めの甘さが亀之助の同心としての腕を問われるところである。

「先生、そこんところは調べておりませんでしたが、徳蔵はここに店を出して一年目に、つまり今から二年前ということになりますが、女房子供と一緒に一家全員が突然いなくなったんです。神隠しにあったんじゃないかと奉行所に届けがあって、急遽私が調べに当たったんですが、まったく何の手がかりもつかめず、探索を打ち切りにしたんです」

「ちょっと待って下さい。浦島様はこの白骨は、神隠しにあったその徳蔵さんのものではないかとおっしゃりたいのでしょうが、わたくしにはこの骨がどれほど昔のものなのか、また徳蔵という人のものなのか、そんなことはわかりませんよ。第一徳蔵さんは神隠しにあったのでしょう？」

「それはそうですが」

「お内儀と一緒に」

「はい」

「子供も一緒にね」

「はい。女の子で内儀の連れ子だったようなんですが……」

「するともしも、この骨が徳蔵さんのものだとしたら、あとの二人はどうしたのでしょうね」

「ふーむ。それが分からないのですよ」

亀之助は首を傾げた。

「千鶴先生。その内儀ですが、徳蔵と一緒になる前は深川の櫓下で春をひさいでいた女でしてね。行く当てのねえ、身寄りのねえ女なんでさ。あっしが調べたところでは、親しい人もおりやせんでした。ですからここからいなくなったときも、探しようがなかったんでさ」

猫八が十手で、骨をこんこんと叩いて言った。

千鶴は溜め息をついた。

雲をつかむような話だと思った。

すると、亀之助はすがるような目をして言った。

「千鶴先生はシーボルト先生のところで修行なさっていたとお聞きしています。蘭医の知識で、この骨の正体をつきとめてもらえませんか」

「そう言われてもね」

「男か女か、それだけでも分かりませんか」

「それは、男ですね。骨の太さから考えて男に間違いないでしょうね」

「だったら先生、お願いしますよ」

亀之助は両手を合わせる。

千鶴は苦笑して見返した。

「困ったお人ですね。無茶を言って」

するとまた、横合いから猫八がぼそっと言った。

「先生、うちの旦那はあの事件で、なんにもつかめなかったと皆に馬鹿にされたんですよ。それればかりではありませんや。お内儀には家を出て行かれるし、どうしても決着をつけて名誉を挽回させてやらねえと……」

千鶴はまた、大きな溜め息をついて見せた。

亀之助の立場を考えれば協力はしてやりたいし、骨から何かの手がかりを見つけるというのは、千鶴も大いに興味のあるところである。

少なくともこの骨が徳蔵のものなのかどうか、それだけでも分かれば、亀之助は再び事件を探索することもできるのである。

千鶴は、土の上にばらばらになっている白い骨を並べて見た。

「浦島様、徳蔵さんの身丈《みたけ》は聞いていますか」

「いえ」

「人相は」

「いえ、すみません」

「困りましたね」

千鶴は、亀之助とはまだ一年そこそこの付き合いだが、逃げていった内儀の気持ちが分かるような気がしてきた。

ただ、ぼうっとしてはいるが、亀之助はどの同心よりも人がいいことは間違いない。

迷子になった年寄りをおんぶして、一日中住まいを探してやるような男である。

亀之助は手柄とは無縁の男であった。それだけに憎めないのであった。

「分かりました。わたくしなりに努力して見ましょう」

「ほんとですか」

亀之助はほっとした声を上げる。

「喜ぶのは早いですよ、浦島様」

千鶴はぴしりと釘を差した。

二

「おじさま……おじさま……酔楽《すいらく》先生……」

千鶴は、柴垣の上から顔を出して、荒れ放題の裏庭にむかっておとないを入れた。

庭は一面冬枯れに覆われているように見えて、枯れ色の茅床《かやどこ》からは若い芽の葉先が伸びてきているのが見えるし、低木の木の枝には若緑の芽が無数に頭を出しているのが見えた。

どこか近くの畑で枯れ草を焼いているのか、俄《にわか》に焼き畑の匂いも漂って来る。

ここに来ると、ああ根岸の里だと実感させられる。

天空海闊《てんくうかいかつ》、洒洒落落《しゃしゃらくらく》、飄々《ひょうひょう》として生きている酔楽先生には、この地はいかにもぴったりで、千鶴は訪ねて来るたびに、おじさまはおじさまで、これでお幸せなのだという気がしている。

千鶴が柴垣の上に伸ばしていた顎を引いた時、庭に面した日当たりのいい座敷から、いびきが聞こえてきた。

「おじさま……」

千鶴はくすりと笑って、玄関に回った。

酔楽先生とは父東湖の一番の親友だった人である。

若い頃に二人は机を並べて医学館に学んだ仲で、父は豪農の次男坊だったが、酔楽先生は旗本の三男坊だと聞いている。

共に次男三男で気があって、ずっと苦楽を分け合ってきた仲だった。

ただ一時期、父の東湖が医学館に召し出された頃、酔楽は医師の道を捨てるかのような、放埒《ほうらつ》な日常を送っていたことがあったようだ。

それでも二人の間は遠く離れることもなく、寸暇を見つけて酒を酌《く》み交わす、刎頸《ふんけい》の友であった。

あの時の父の顔が一番幸せそうだったと、千鶴は思う。

父が亡くなった後は、時々千鶴がここを訪ねて、酔楽先生の安否を確かめているような按配《あんばい》だった。

たいがいは酒を飲んでひっくりかえって居るのだが、今日も相変わらずの有様らしい。

千鶴は玄関の座敷にあがると、そこから廊下に出て、まっすぐ裏庭に面した、この茅葺きの家では一番居心地のいい座敷に向かった。

部屋が近づくにつれ、いびきは野獣が吠えているようだったが、千鶴が部屋の前の廊下に立つと、ぴたりと止んだ。

「おじさま、千鶴でございます」

膝を廊下について挨拶すると、

「よう、ようよう……来たか、来たか」

嬉しそうな声がして、鷲鼻をひくひくさせた赤ら顔の酔楽が、這うようにして顔を出した。

「ご機嫌はおよろしいようですね」

「なに、いつもとかわらぬよ。まあ上がってくれ、何もないがな」

「もうあがっております」

「そうだった。で、どうだ。治療院の方はかわりないかね。わしも一度顔を出したいと思っているが、こんな酒焼けした顔を出したら、患者がびっくりするんじゃないかと思ってな」

「おじさま……」

千鶴は笑って、

「今日は干鰈《ほしがれい》をお持ちしました。それと、お竹さんがつくってくれた山葵《わさび》漬けと、菜飯……」

千鶴は紫の風呂敷包みを広げて、運んで来たものを出していく。

「お竹さんがのう……お竹さんは嫁にもいかずにまだいるのか」

「はい」

「と言っても、わしとかわらぬ年齢だからな、気の毒な女子《おなご》だ。お前のところで女中奉公して一生を終えるつもりかの」

「お竹さんがいなくては、わたくし困ります。だってお竹さんは、わたくしが生まれた時からずっと桂家にいて下さっている人なんですから」

「ふむ、まあそりゃあそうだ。で、最後に残っているその上等の和紙に包んでいるものは何かな」

酔楽は、まだ風呂敷に残っている物を、子供のような顔をして指差した。

「ああ、これは、わたくしが一緒に食べたくて買ってまいりました餅菓子です。おじさまと頂こうと思いまして、奮発して寅屋のお菓子を買って参りました」

千鶴は玉手箱を開けるような顔をして、酔楽の前で菓子の包みをそっと開けた。

ほらね、美味しそうでしょう……というように千鶴が酔楽を見上げると、

「千鶴……」

酔楽は赤い顔をいっそう赤くして、鷲鼻を伝って落ちてきた洟《はな》とも涙とも思えるものを拭ってみせた。

酒浸りで、風まかせの柳の枝のように生きていて、大口を開けて笑っている酔楽だが、近頃とみに涙脆《もろ》くなったようだ。

酔楽は妻も娶《めと》らず、ずっと一人で暮らしてきている。

それもあってか、父の生前から千鶴を実の娘のように可愛がってくれていて、千鶴……と呼び捨てにする。

千鶴にとっても父亡き後は、そう呼んでくれる方が、いっそう心の頼りともなり嬉しいのであった。

ただ、部屋の中を覗いても医書ひとつ見えず、転がっているのは酒樽ばかりという生活で、酔楽はいったいどうして生活の糧《かて》を得ているのだろうかと、千鶴は心配なのである。

千鶴は、埃《ほこり》の浮いた畳を横目に、酔楽に言った。

「おじさま、おじさまさえよろしければ、いつでも、道有にいらして下さいま

せ。お竹さんだってきっと喜びます」

「そうか、お竹はわしに気があったのか」

「おじさま、そういう意味ではございません」

「冗談だよ、冗談……」

酔楽は笑ってみせると、突然真面目な顔をして、

「千鶴……何か困ったことが起きたのではないかな。一緒に餅を食うためだけにここに来たのではあるまい。いつもと顔色が少々違うぞ」

覗くような目を向けてきた。

「実は人の骨を調べてほしいという依頼がございまして」

「ほう……」

「わたくしもいろいろと考えてはいるのですが、おじさまにもご教授頂けたらと存じまして」

「わしの話など参考にはならぬぞ。酒のことと女のことなら、少しはな、役に立つかもしれぬがな」

「おじさま……」

千鶴は、苦笑して酔楽を見た。

「わしが考える程度のことは、そなたはもう考えている筈だ。これは、いわずもがなの話だが、医学の道も他の道とかわりはないよ。先駆者の跡をなぞっているばかりでは進歩はない。ましてわしを頼るなどと……手探りでも自身で探求していくべきだ。いや、このわしがそんなことをいうと笑われるかもしれぬがな」

「いえ……おっしゃる通りでございます。わたくしに甘えがあったようです。申し訳ありません。さっそく手探りですがやってみます」

千鶴は、膝を起こした。

「おいおい、まあそんなに急がずともいいではないか。せめてその、持ってきてくれた餅菓子を一緒に食べて帰りなさい」

「あっ……ほんと」

千鶴は苦笑して、膝を戻した。

「お茶、淹れて参ります」

もう一度膝を起こした時、酔楽が思い出したように言った。

「そうだ……これはわしの女遍歴から学んだ細やかな骨相学だが、鼻の低い女は、鼻の骨が低いから低いということになる……つまり、人は肉に脂が溜まって、下っ腹がぶよぶよ太ったりするが、鼻が太って高くなることはない。頬の高い女は頬の骨も高い筈だし、顔の長いの丸いの、みんな形づくっているのは土台となっている骨だとね。顔のつくりがお粗末なのは親ゆずりなんだから諦めるしかないと、わしは女どもに言ってやるんだ。人間、顔形じゃない、心根が肝心だとな……」

「おじさま……」

千鶴は頷いた。

韜晦《とうかい》した物言いの中にも、酔楽はちゃんと千鶴に助言を与えているのである。

顔の骨と肉についての考えは、千鶴の考えていたことと酔楽の話は合致していた。

――それにしても……。

手探りでやれと叱咤しながら、父のように激励してくれる酔楽に、千鶴は改めて胸を熱くするのであった。

「徳蔵さんのことをお聞きになりたいというのは、そちら様でございますか」

店の框《かまち》に腰を下ろして出入りする客の様子を眺めていた千鶴の側に、声を潜めて座ったのは、額の広い中年の男だった。

上物《じょうもの》の茶の色目の平織木綿の羽織と着物に、紺の前だれをしているところをみると、番頭格のようだった。

「はい。わたくしは道有屋敷跡に住む桂千鶴と申しますが」

「これは……失礼を致しました。藍染先生でございましたか。お噂はお聞きしておりおります。手前どもの主もいつか是非、脈をとって頂きたいものだと申しておりまして。ああ、私はここの番頭で惣助と申しますが、徳蔵さんとは同じ番頭として一緒にやってきた者です。で、何をお話しすればよろしいのでしょうか」

「徳蔵さんが神隠しにあったことはお聞きになっていると思いますが、そのことについてお奉行所もちょっと調べていることがございまして……わたくしがお聞きしたいのは、徳蔵さんは暖簾分けをして貰うということで、この店を辞めたのですね」

「いいえ、違います。旦那様はもともとそのつもりだったらしいのですが、そういうことにはなりませんでした」

「その理由はなんでしょう……」

「お内儀のことですよ。もうご存じでしょうが、深川の櫓下にいた人です。連れていた女の子も徳蔵さんの娘さんというのならまだしも、父親《てておや》のわからない子のようでしたから……いや、別に誰と所帯を持とうと、とやかくいわれる筋合いではないということはわかりますが、小僧の時から可愛がって、手代になり番頭になりと出世して……これみな、旦那様のお気持ちがあればこそです。もちろん、徳蔵さんの懸命な働きもあったのですが、期待をしていただけに旦那様が立腹されて、相模屋の暖簾を張ることも、木綿を扱うことも許さなかったのでございます」

「やはりそうでしたか……」

「先生、あの……お店の跡地に白骨が出たと聞いていますが、ひょっとしてそのことでございますか」

惣助は、いっそう声を潜めて言った。

「ええ……番頭さん、徳蔵さんの身丈はどれほどあったのか、ご存じですか」

「そうですね……五尺三寸ばかりでしょうか」

「鼻は高かったでしょうか、それとも、低かったでしょうか」

「格別高くも低くもなかったような……」

「丸顔でしたか……それとも四角い顔か」

「丸顔ではなかったと思います。どちらかというと長い顔でしたか……いや、こと細かにと言われますと、言葉で表すのは自信がありません」

惣助は頭を掻いた。

それもそうだと思いながら、千鶴はとんでもない所に足を踏み入れたと思った。

酔楽の言っていたことは納得できる話ではあったが、しかしここで人相を番頭に聞いたところで、髑髏《どくろ》は髑髏、髑髏で生前の顔を想像するのは至難の技と思うのである。

結局千鶴は、徳蔵が指の骨や足の骨を折ったことはないかなど、白骨を見てすぐに判断できる材料はないかどうか、番頭に尋ねるのが精いっぱいの調べとなった。

根岸の酔楽の隠居所を訪ねた帰りに、ついでに本石町まで出向いたものの、骨を判別する確たる物をつかむことはできなかったのであった。

ただ、徳蔵が相模屋で相当の期待をされていながら、なぜ、櫓下の子持ちの女郎を女房にしたのか疑問が残った。

相模屋の番頭惣助の話によれば、目鼻立ちも人並みの女ではあったが、誰がみても、それまで相模屋で積み上げてきた信頼とか経験とかをうっちゃってまで、女房にするほどの女かと思ったというのである。

惣助は、店の表まで千鶴を見送りに出て来て、こう言った。

「田舎ではおっかさんが、出世を待ちわびていた筈です。おっかさんに仕送りをずっとしてきたのも私は知っています。いつかこの江戸におっかさんを呼んで暮らしたいと言っていたのに、そのおっかさんを二の次にして、あんな女房を持ったんです。何か深い訳でもあったのではないかと、皆で噂しておりました。どのようにして、徳蔵さんはおきちさんと知り合ったのか……ああ、女房になった人はおきちさんと言っていましたから、私も一度だけ会ったことがありますので……先生、徳蔵さんはおきちさんと知り合ってからおかしくなってしまったんでございますよ」

三

「先生、千鶴先生」

お竹の声と、勝手口を閉める強い音が聞こえたと思ったら、夕食の膳についたばかりの千鶴とお道のいる小座敷にお竹が飛び込んで来た。

「あの骨、なんとかなりませんか」

膝をついて怯えた顔で言い、その手は庭のある方を指差した。

亀之助から預かった骨は庭に莚を敷いて、その上に置いてあった。

「お竹さん、庭に筵を敷いて、その上に置いてあるんですから、少しの間我慢して下さい」

「だって先生、ひ、光ってるんですよ。月の光で、青白うく」

まるで幽霊にでもあったような顔つきである。

「私も怖いわ、先生」

お道も、身を縮めるようにして、千鶴を見た。

「お道ちゃんまで何を言ってるの。あなたたちだって、同じなんですよ」

「だって、殺された人だとか何とか」

「それはこれから調べることです」

「でも先生、あの骨に触ったりしては崇《たた》りがあるんじゃないでしょうか。ねえ、お竹さん」

「お道ちゃん、あなたはお医師になりたくて修業しているんじゃなかったのですか。考えてもみなさい。もしも誰かに殺された人の骨だとしても、わたくしたちに崇るなんて、そんなことしません。だって犯人を探してくれるかも知れない人に感謝こそすれ祟るなんて……わたくしがあの骨の主なら逆ですよ、そうでしょう。あの骨はね、自分のことをちゃんと調べてくれるわたくしたちに、物言わぬ叫びを発しているのですよ」

「物言わぬ叫び……」

「そう……物言わぬ叫び。その叫びを聞いて上げなくては……わたくしはあの骨を見ていてそう思いました」

「先生……つまらないことを申しました」

「良いのですよ。それよりお食事がすんだら、少しの間手伝って下さいな」

「はい。先生」

「まず庭に灯りを用意して下さい。それと、桶に水を張って側に置いておいて下さい」

思いつくままに千鶴がお道に言いつけていると、玄関の方で声がした。声は男のものだった。

「はい」

お道は元気良く立ち上がって部屋を出ていった。だがすぐに顔を紅潮させて戻って来た。

「先生、お客様です」

お道の声は弾んでいた。

「お客様？」

「菊池《きくち》求馬《きゅうま》様とおっしゃるお武家様です」

うっとりとした顔で言う。

「おやおや、お道さんがそんな顔をするところを見ると、よほど、男っぷりの良いお方なのですね」

お竹が冷やかすように言った。

「そうなのよ、お竹さん。きりりとした切れ長の目をしていて、鼻がすっと通っていて、それから何というか、男っぽくて……体から滲み出ている……何て言えばいいか」

夢中で説明しようとするお道に、千鶴の声が飛んだ。

「いい加減になさい。お竹さん、お食事は後で頂きますから」

千鶴はすぐに立ち上がって、玄関に向かった。

はたして、玄関の三和土《たたき》にはすらりと背の高い、着流しの武家が立っていた。

「千鶴殿か。私は菊池求馬という」

武家は千鶴が玄関の上がり框に手をつくやいなや、聞いてきた。

なるほどお道が騒いでいた通り、その武家には千鶴が今までに出会ったことのない、さわやかなものが窺える。

「御用向きは……」

千鶴は武家の顔を見上げて言った。

「届け物を持って参ったのだが、暫時待たれよ」

求馬は手を伸ばして掌《てのひら》を千鶴に突き出すと、玄関の外にいったん出て、布袋に詰まった重たそうな物を運び入れてきた。

「これは……何でしょうか」

「人形師が使う土でござる。精製してあるから、水で練ると粘土になる」

「あの……何故、あなた様がこのような物をわたくしに？」

「酔楽先生に頼まれたのです」

「酔楽先生に？……あなた様は酔楽先生とはどのようなご関係なのでしょうか」

「不審に思うのはもっともだが、俺はひょんなことから酔楽先生の手解《てほど》きを受けて、丸薬をつくって薬屋に卸している。酔楽先生とは、いわば水魚の交わりとでもいう仲だ」

「まあ……」

千鶴は目を見張った。

吹き溜まりのようなあの酔楽と、目の前の求馬との取り合わせは一見奇妙な感じがしたが、どこかで響き合うところがあるというのだろうか。

「つまり内職だな。家禄二百石で無役でな、暇をもてあまして絵を描いている。しかし台所の不足も埋めねばならぬ。そこで丸薬づくりをしておるのだ。これで納得がいったのではないかな」

「申し訳ありません。失礼なことをお聞きしました」

「なんの……で、酔楽先生のおっしゃるのには、この粘土を使って髑髏に肉づけしてはどうかと、そう伝えてほしいと」

「あの……」

この武家は、酔楽から何もかも聞いているのかと驚いて聞いていると、

「ここに置きましたぞ。では」

くるりと背を向けて出て行った。

「お竹さん、お道ちゃん。この袋を、そうですね、調合室の隣の空き部屋に運んで下さい」

後ろを振り返って声を張り上げた時、玄関からひょいと顔が入って来た。

ぎょっとして見ると、出ていった筈の求馬だった。

「何か」

「いや、髑髏とやらを、是非見せてもらいたいのだが……」

「菊池様……」

千鶴は、咄嗟《とっさ》に自分の顔がこわ張るのが分かった。酔楽の知り合いとはいえ、関係のない武家に土足で突然踏み込まれたような不快さだった。

今度の仕事は、特に内密に進めなければならない仕事だった。

——それを……。

「何を酔楽先生からお聞きになっているのか存じませんが、髑髏のことは外には漏れてはならない話です。あなた様の興味本位な申し出にお応えすることはかないません」

「なるほど、酔楽先生のおっしゃる通りのお方だな、手きびしい」

求馬は苦笑を浮かべるが、

「他言は致さぬ。頼む」

一転して真剣なまなざしを向けてきた。

千鶴はこの三日、患者の診療を終えると調合室の隣室の小部屋に入って、頭蓋骨を前に格闘してきた。

求馬が持ってきてくれた人形の土は、練れば練るほど粘りが出て、細工をするには最適だった。

頭蓋骨を支える背骨のかわりに頃合の割り木を使い、それを平台に固定すると、顔と頭を肉づけするために、粘土をつけていくのだが、思うようにはいかなかった。

長崎ではシーボルトの手術も見聞したし、クルムスの『ターヘル・アナトミア』を翻訳してあらわした杉田玄白《すぎたげんぱく》の『解体新書』、さらには、解体新書には載せなかった『解剖学表』の頭蓋骨をつかって原書を忠実に写した大槻玄沢《おおつきげんたく》の『重訂解体新書』も見てみたが、頭蓋骨自体の記述は少なかった。千鶴は結局頭蓋骨への肉づけには自信がもてず、何度もやり直しをすることとなった。

ただ、やり直しをしているうちに感じたことは、目の表情や眉の濃さ長さなどは分かりようもないのだが、顔の輪郭や幅、顎の形、えらの部分、目と目の間隔、目と鼻と口の、それぞれの骨の特徴を生かして頬の肉づきを調整すれば、輪郭や全体を通して見える雰囲気は、骨の主に近づけるのではないかということだった。

この部屋には、父の蔵書もあるし、木製の人体骨格標本も置いてある。

三日間、眠る間を惜しんで、頭蓋骨に粘土で肉づけをした作業は、それこそ見知らぬ世界に挑戦してきたわけで、疲れを覚える暇もないほどの緊張の連続だった。

とはいえ、迷ってはやり直し遅々として進まないその作業で、自身の未熟を知ることにもなった。

――しかし、ともかく、おおよその顔形は出せたのではないか……。

求馬が運んでくれた粘土もあらかた使って、不本意ながらも、一応の形は出来上がったと、大きく息をついた。

――これで、せめて目や唇の形が具体的に復元できればいいのだけれど……。

力を尽くしたという思いと、やり残したという思いが交錯した。

出来上がった顔が、はたして失踪している徳蔵の顔なのかどうか、千鶴には判断のしようもないのであった。

「先生、よろしいですか」

その時、遠慮がちな声がした。亀之助の声だった。

「どうぞ、お入り下さい」

千鶴が返事を返すと、亀之助は猫八と入って来た。

二人はぎょっとした顔で、しばらくそこに硬直して佇んだ。

庭から差し込んできた光に浮かんだ復元の顔を見て、固唾《かたず》をのんだようである。

だが次の瞬間、復元の顔に走りより、恐る恐る前後左右から目を皿のようにして見詰めていたが、

「やや、これはこれは……」

亀之助は大きな溜め息をつくと、

「まるで手品を見るようでございますな」

興奮した顔を千鶴に向けた。

「御覧の通りです。鼻の高さなどはおおよそ再現できたと思いますが、人の顔としてはまだまだ不十分です。粘土が乾けば、髪文字《かもじ》屋さんからかつらを買ってきて、頭に乗せてみようと考えています。ただ、細部についていて、もう少し詳しく分かればと思うのですが……」

「いや、これだけでも、頭に髪を載せれば、雰囲気で徳蔵かどうか分かるのではないでしょうか。ただですね、妙な話を猫八が聞いてきたんですがね」

おい猫八と亀之助に促された猫八は、膝を揃えて座ると千鶴に言った。

「実は先生、徳蔵の女房おきちがいた櫓下の女郎宿『花菱』に行ってみたんですがね。女将が言うのには、つい最近、おきちを見かけたなんて滅相もないことを言いやしてね」

「間違いないのでしょうね」

「へい。あっしも念を入れて聞きましたが、あたしの目に狂いはないって、そう言いました。どうやらおきちは、少し左足を引きずって歩く癖があったようです。女将は長年抱えていた女ですから、そこらへんのところは知り尽くしているわけでして」

「……」

「女将は、一家が神隠しにあったことは知っていましたからね。二年前にあっしが調べに行っておりやすから……ですからまるで、幽霊を見ているような気がしたと言っておりやした」

「猫八さん、女のお子さんは？　一緒じゃなかったんですか」

「一人だったようです」

「場所はどこです？」

「向嶋《むこうじま》です」

「向嶋……おきちさんの知り合いでもいるのですか、向嶋に」

「女将は、向嶋でおきちを見たことで、ある男を思い出したと言っておりやした。昔おきちの所に向嶋から通って来ていた男なんですが、質《たち》の良くねえ男で、女将の話によれば高利貸しの取り立てとか強請《ゆすり》をやって食ってた男らしいんです。巳之助《みのすけ》といいましてね、おきちが産んだ女の子は、その巳之助の子だったのではなかったかと女将は言ったんです」

「まあ……妙な話になってきましたね」

「へい」

「そういうことですから先生、この白骨の主は、いよいよ徳蔵ではないかという疑いがあるんですよ。私と猫八は、これから巳之助という男の住まいを探索しようと思っています。そのことを先生に伝えようと思いまして立ち寄ったのです」

　亀之助はそう言うと、猫八を連れて、そそくさと出て行った。

四

千鶴は、四方簾《よもすだれ》の駕籠の中で、俄に緊張するのを覚えていた。

今夕のこと、一人の中間《ちゅうげん》が駕籠を従えて治療院に内密の治療を頼みたいとやって来た。

屋敷で大怪我をしている者がいるが外部に漏れては困るので、この駕籠に乗って欲しいというのであった。

千鶴には一瞬のためらいがあった。

歩いての往診ならともかく、駕籠を使うほどの遠出となると、その時だけは特別に、庭の薬園の管理をしてもらっている幸吉《こうきち》に供を頼んでいた。

幸吉は、千鶴が薬を仕入れている本町の『近江屋』の手代の一人だが、昔父を慕って出入りしていたこともあって、主の許可も貰った上で、三日に一度は桂治療院にやってきて、女中のお竹と一緒に薬園の草を抜く。

そこらへんの藪医者よりずっと薬に詳しくて、医者の代診ができるほどの知識があるが、幸吉の望みは誰にも引けを取らない生薬屋を持つことだという。

その幸吉を今日は呼ぶ暇もなく、弟子のお道も連れてはいけないなどと言われ、一旦は断ろうかと思った往診であった。

だが、諸般の事情があって内密に治療を頼まれることはよくあることで、自分を待っていてくれる患者のことを思えば断るに断れず、慌てて支度をして駕籠の人となったのだが、治療院を出てまもなく、一行の不審に気がついた。

今ははっきりと殺気を感じている。

千鶴は、小太刀が出来る。

護身のために身につけたもので、半月流の小太刀で神田の浅岡道場では、代稽古をするまでになっていた。

しかし、道場に通わなくなって久しい。

今日のように外出する時には、小袖の上に袴を着けて、腰には小太刀を差してはいるが、路上を歩いている時ならともかく、駕籠の中では柄頭を上げるのが精一杯で、急襲されればひとたまりもない。

千鶴は駕籠の中から簾を通して外を見た。場所は柳原通りかと思える。

「もし、止めて下さい」

一行の不気味な無言に耐え切れなくなって、千鶴は外に向かって呼んだ。

すると、突然駕籠が走り出した。

座っているのがやっとのことで、止まったと思ったら、音を立てて駕籠が据えられたのである。

——来る。

小太刀の柄をつかんだその時、右頭上をかすめるように刃が駕籠に突き刺さった。

体をひねってその刃を躱すと同時に、千鶴は転げるように外に飛び出した。

直ぐに二つ目の刃が飛んで来た。

千鶴は起き上がると同時に刀を抜いた。

薄闇の中で、刀を受け止めた衝撃と同時に火花が散った。

千鶴を襲って来たのは、浪人だった。それも二人……。

——殺される……。

片膝をついたままの千鶴は、打ち据えられた刀を受けることに精一杯で、しかも、男の強い力では、息一つで額を打ち割られそうである。

「何者です」

千鶴が叫ぶと、浪人は、

「死ね」

千鶴の胸を蹴った。

「あっ」

千鶴が後ろに倒れたのと同時に、浪人の振り上げた刀が落ちて来た。

――しまった。

斬られると覚悟したその刹那《せつな》、落ちて来た男の刀の前に、黒い影が走り込んで来た。

その影が、振り下ろしてきた浪人の刀を跳ね返すと、今度は踏み込んで浪人の肩を斬った。

「あっ……」

浪人は呻いて刀を落とした。

「卑怯な奴。武士として恥をしれ」

千鶴の前にすっくと立って言い放ったのは、あの求馬だった。

「ひ、引け」

浪人二人は、土手を駆け上って、闇に消えた。

「大丈夫か」

驚愕している千鶴の腕を、求馬が抱えた。

「大事ありません。ありがとうございました」

千鶴は立ち上がって、刀を納めると礼を述べた。

だが、足は、さすがに震えていて、求馬の支えがなければ頽《くずお》れそうだった。

「聞きしに勝る強気なお人だ」

求馬は刀を納めながら苦笑して、

「無茶な奴らだ。見覚えのある顔ですか」

「いえ、いっこうに……」

「今抱えている事件だな、原因は」

「……」

「あんな得体の知れない骨など預かるからですよ。酔楽先生も心配していた。ややこしい奉行所からの依頼などは断った方がいいと……」

「わたくしは医者です。お引き受けしたのは、私がやってみたいと思ったからです。一、二度襲われたからといって、引き下がれません」

「困った人だ。まあ、とにかく、土手の上に出よう」

「はい」

千鶴は駕籠に駆け寄って、中にあった往診の箱を抱えて来ると、求馬の後ろに従った。

薄闇は土手の様子をすっかり隠して、どこに足場があるのか見当もつかない。求馬が後ろの千鶴を案じて振り返った時、千鶴は不覚にも足を取られてよろめいた。

すかさず求馬の手が伸びてきて、千鶴を抱き留めた。

「あっ……」

男の匂いに襲われて、千鶴の顔は熱くなった。

「私の腕につかまるのだ」

抱き留めた千鶴に言った求馬の声が、千鶴をどきりとさせる。

「申し訳ありません」

千鶴は、求馬の腕を頼りにして、土手の上に上って立った。

ほんの僅かの間の出来事だったが、初めて男性の手に支えられたひとときは、千鶴をどぎまぎさせたのだった。

「でも、どうして、求馬様がここにいらしたのですか」

千鶴は見上げるようにして聞いた。

「そなたに会わせたい人がいて誘いに行ったのだ。そしたら、駕籠で出発するところで、お竹さんという女中さんに頼まれた。後をつけてくれるようにな」

「まあ……でも助かりました。それで、どちらに参ればよろしいのでしょうか」

「ついてきてくれ。この近くだ」

求馬は、一方を目顔で差した。

求馬は、柳原の南にある平永町の路地を入った裏店の一軒に、おとないを入れた。

「忠助《ちゅうすけ》、いるか」

中から「へい」という返事が聞こえ、灯火の中に影が立ち上がったのが見えた。

「入るぞ」

求馬はちらりと千鶴に目を投げると、戸を開けて中に入った。

上がり框に、両膝をついて二人を迎えたのが、忠助のようだった。

他には誰もいず、忠助が膝をついている板の間に、大きな風呂敷に包まれた担い商いの箱が置いてあるばかりで、その向こうには一人住まいの侘《わび》しげな箱膳があり、忠助は夕食をとっていたらしい。

「どうぞ、お上がりになって下さいまし」

忠助は小商人《こあきんど》らしく、二人に勧めた。

「いや、ここでいい。忠助、このひとが話していた桂千鶴先生だ。先生にお前が知っている徳蔵の話をしてやってくれ」

「へい、よろしくお願いいたします。あっしは、徳蔵さんとは同郷の、上総《かずさ》の者ですが、徳蔵さんとはずっと行き来しておりやした。徳蔵さんが木綿問屋相模屋さんの番頭さんをしていた頃からです。田舎の徳蔵さんの家も、あっしの家も貧しい家でしたから……崖っぷちに僅かばかりの芋をつくったり、野菜を植えたりして、合間に沿岸で漁をしていました、そういう家です。共に母親を田舎に置いての江戸での生活でしたから、辛いことや困ったことがあった時には、愚痴をこぼし合う仲でした」

「すると、徳蔵さんの消息ですが、忠助さんには心当たりはあるのですか」

「いえ……神隠しにあったと聞いて、もしやと田舎に帰ってみたのですが、田舎の母親も知らない様子でしたので、そのことについては、あっしも知らないのですが、ただ」

「ただ……」

「神隠しにあう少し前に、ここに来て妙なことを口走ったのです」

「妙なこと？」

「俺は、とんでもない馬鹿な奴だったと……」

「……」

「女房のおきちに騙されたのではないかと……」

「まあ……」

千鶴は、求馬の顔を見た。

求馬は言った。

「徳蔵は、おきちに恋い焦がれて身請けして女房にしたのではないらしい」

「どういうことですか……忠助さんはその訳を知っているのですね」

千鶴は忠助に目を戻して聞いた。

「へい……」

頷いて忠助が話すのには、三年前のこと、徳蔵は掛け取りのために深川の幾つかの得意先を回っていた。

相模屋が販売している木綿類は、武家や商家の奉公人の着物として重宝されているために、得意先はご府内の至る所にある。

番頭が三人もいる大店で、深川一帯は徳蔵の担当だった。

ひと通り仕事を終え、得意先の旦那を接待して帰路についた夜の四ツ頃、徳蔵は一人の着崩れた女が、幼い子を抱いて油堀川《あぶらぼり》に架かる千鳥橋の上を行ったり来たりしているのとすれ違った。

すれ違いざま見た女の顔には生気がなかった。

うつろな白い顔は、いかにも途方にくれている様子で、すれ違った後で気になって振り返ると、女は幼い子を下におろして手を引いていた。まるで幽霊が子供の手をひいてあの世に向かって歩いているように見えた。

その姿を見て徳蔵は、はっとした。

「徳蔵さんの言葉を借りれば、その女の子の姿と、幼い頃の自分の姿が、重なったというのですよ」

話の途中で忠助は、哀しげな顔をして溜め息をつくと、そう言った。

千鶴が静かに頷いてみせると、忠助は話を継いだ。

「貧しい暮らしをしていますと、母が子の手をひいて、死にたい思いでさ迷うことはよくある話なんですが、徳蔵さんもご他聞に漏れず、遠い記憶の中に、それに似たようなことがあったようでございました」

それは――。

夕日が沈む海岸の道を、とぼとぼ当てもなく母に手を引かれて歩いた時のことを、徳蔵は思い出したのであった。

目の前にいる女の子は、その時の徳蔵より幼いようだったが、昔の徳蔵も、母がこっちへ来いと言えば、不安ながらもついていく年頃だった。

今この母についていけば、何か恐ろしいことが待っているような、そんな動物的な予感が、幼いとはいえあった。

だがその恐怖と、母を好きだという気持ちは別個のもので、幼い子には母と離れる不安の方が大きかったのである。

一緒に恐ろしい目に遭うことは出来ても、一人で置き去りにされることの方が、幼い子には耐えられなかった。

何も言わず歩き続けた末に、徳蔵の母は、とある崖っぷちに立った。

その時の恐怖と哀しみは、大きくなっても、大人になっても、徳蔵の記憶から離れることはなかったのである。

年老いた母の背を見る時、そうしてここに今自分が生きていることを思えば、あの時母は、よくぞ思いとどまってくれたという思いが徳蔵にはあった。

生きていたお陰で苦労はしたが、徳蔵はまああの人生を送っていると思っていた。

——幼い女の子は、ひょっとして、あの時の自分と同じような思いを今しているのかもしれない。

そしてあの女も、あの時の母のように生きる希望を失っているのかと思うと、徳蔵はもはや放っておけなくなったのである。

「待ちなさい」

橋の欄干から川面《かわも》を見詰めている女に歩みよった。

そこまで話して忠助は言った。

「徳蔵さんが、おきちという人がすぐ近くの女郎宿で身過ぎ世過ぎの糧を得ている人だと知ったのはその時です。おまけにおきちさんは宿に借金まであり、それを払わなくては他所にも行けないと知ったのです。ご存じの通りあの辺りは、外から宿に通って春を売る者も多いのですが、おきちさんは借金のために半抱えの人だったんです。すっかり同情した徳蔵さんが、奉公先を追われるような目にあいながらも助けた母子だったんです。田舎にはおっかさんがいて、木綿問屋の暖簾分けをしてもらうのを本人もおっかさんも楽しみにしていたというのに……それなのに、徳蔵さんがおきちに騙されたかもしれないと言った時、ちくしょう、それじゃあ徳蔵さんのここはどうしてくれるんだと、俺の方が腹が立ったんだ」

忠助は、荒々しく自身の胸を叩いてみせた。

――聞けば聞くほど、気の毒な……。

千鶴は歯を食いしばっている忠助を痛ましい思いで見守っていた。

「あっしはねえ先生、徳蔵さんが、たしかおあきちゃんと言ったと思うのですが、三歳になるかならないかの女の子が、おとっつあん、おとっつあんとよく懐いて、膝に来てくれるんだって、私の顎の髭で遊ぶんだよと嬉しそうに言っていたのを思い出しますよ。四十近くになるまで所帯を持たずに来たんです。店を持つ金を貯めるために頑張ってきた徳蔵さんです、だから嬉しかったんだとおもいますよ。それを……」

忠助は、鼻を啜った。

「忠助さん、ちょっと手伝って頂きたいことがあるのですが、お願いできませんか」

千鶴は、復元を試みた顔が徳蔵に似ているかどうか、見て欲しいと頼んだ。もしも外貌が似ているのならば、目や口も整えてみたいのだと説明した。

「そういうことなら、俺も一役買おう。忠助に聞いて、あらかじめ人相の細かい部分を絵にすれば、復元する時に苦労をしなくてすむ」

求馬は力強い言葉で言った。

「求馬様……」

千鶴は、求馬を見た。

頼もしげな求馬の目が、じっと千鶴をとらえていた。

五

その晩のこと、求馬が忠助から話を聞いて描いた徳蔵の人相書きを元にして、千鶴は、それまでに復元していた外貌に、眉目や口の造作を施すことを始めた。

むろんこれより先に、復元した顔の外貌は徳蔵にそっくりだという忠助の言葉を受けてのことで、調合室隣の小部屋には、行灯《あんどん》二つ、燭台《しょくだい》二つが明々と部屋を照らし、千鶴が作業する側には求馬と忠助が念の為に控えていた。

眉の濃さ、眉と眉の間隔、鼻の形、目の大きさや表情、口の形、唇の厚さなど、千鶴が造作していくものに、側から二人がさらに助言するという念の入れようで、より徳蔵の目や口を忠実に表現しようとしたのであった。

むろんその位置が、もともとの頭蓋骨を形どった骨の位置と一致させながらの作業であることは、言うまでもない。

「両国では、まるで生きているかのような『活人形《いきにんぎょう》』と呼ばれる人形が見せ物で出ていたらしいと聞きましてね。あっしも見てきましたが、いや、本当に驚きました。細工ものだということでしたが、頭髪は人の毛をつかい、目はビードロをはめ込んでいて、歯も一本一本埋め込んでありましたが、夢に出てくるほど人間そっくりでびっくりしました。いや、これも見る人が見れば、徳蔵さんそのものです」

忠助は感心しながらも、目の下に小さな黒子《ほくろ》があったことなど、思い出し思い出しして、千鶴に協力してくれたのだった。

全ての作業が終わったのは翌日のことだった。

「朝食の用意はできております。それから先生、本日は休診の札をかけました」

お道が知らせに来てくれて、それから半刻、ようやく造作が出来上がったところで、町人の髪形の髪文字をつけると、

「ああ……」

それまで冷静だった忠助が、驚きの声を上げた。

「まさかとは思っていたのですが、やっぱりこれは徳蔵さんです」

忠助が食い入るように見詰める復元の顔は、眉は濃く三日月形で、真ん丸い目をしていて、鼻孔を膨らませた団子鼻が顔の真ん中に座っていて、唇の厚い、人の良さそうな人相に仕上がっていた。

最後に入れた墨の黒い目が、何かを訴えているような表情をみせていた。

「徳蔵さん……」

忠助は、肩を落として、

「こんな姿になっちまって……田舎のおふくろさんに、なんと知らせたらいいんだよ、徳蔵さん……あんなに頑張って、大店の番頭さんにまでなった徳蔵さんが、なぜこんな目に……あっしは悔しいよ、徳蔵さん。徳蔵さんをこんな目に遭わせた奴を許せねえよ」

「忠助……」

求馬が、肩を震わせて悔し泣きをする忠助の背に手を置いた。

「旦那、あっしは正月に田舎に帰っていたんです。そしたらそれを聞きつけて、徳蔵のおっかさんが杖をついて、あっしに会いに来たんでさ。これで三年も徳蔵は帰ってない、便りのないのは元気な証拠だっていうから、そのうち帰ってきてくれると待ってるんだけど、徳蔵はそんなに忙しいのかねえって、あっしにそう言ったんですよ」

「……」

「どう答えたらいいんです？……神隠しにあっちまったって言えますか？　いや、神隠しなら、またひょっこり帰ってきてくれるってこともない話じゃない。だけど、こんな姿になっちまったって分かったら……旦那、徳蔵さんのおふくろさんは、背が縮んだだけじゃねえ、腰がまがって、歩く時には地面ばっかり見て歩いているような老婆ですよ。岩にしがみついても、徳蔵が所帯を持って、女房を連れて会いに帰ってきてくれるって、それぱっかりを信じて待っている老婆でさ、徳蔵の幸せな所帯を見るまでは死ねないって……そんなおふくろさんに、徳蔵さんが死んだ、いいや、殺されたなんてあっしにはいえねえ……そんなことを知らせた日にゃ、おふくろさんは卒倒して、そのまま死んでしまいまさ」

「俺にも母がいる……年をとった母がな」

「へい……」

「どう伝えてやったらいいのか、頭を冷やしてから考えよう」

求馬はそう言うと立ち上がって治療室を出て、庭に面した障子を開けた。

春の陽射しが、黙って二人のやりとりを聞いていた千鶴の膝元にまで淡い光を運んで来た。

「忠助さん、食事をして、少し休んで下さい」

「先生……」

忠助は切ない顔を向けた。

「分かっていますよ、忠助さん。でも、忠助さんのお陰で一つの謎が解けようとしています。私たちに出来ることは、徳蔵さんの、この骨の叫びを聞いてあげることです。徳蔵さんの恨みを晴らしてあげることです。求馬さんのおっしゃる通り、忠助さんの心配事は後で一緒に考えましょう」

千鶴がそう言った時、廊下に音がして、亀之助と猫八がやって来た。

「千鶴先生、徳蔵の女房おきちの居場所が分かりました」

「どこにいるのだ」

亀之助に聞き返したのは、求馬だった。

「先生、こちらは……」

亀之助は怪訝《けげん》な顔を千鶴に向ける。

「こちらのお方は菊池求馬様、そしてこちらは、忠助さん。お二人のお陰で、たった今、徳蔵さんと思える顔の復元が出来ました」

千鶴はかいつまんで、今までの経緯を亀之助と猫八に告げた。

二人はびっくり仰天して、復元された顔を見詰めていたが、

「ありがたい。これで徳蔵は殺されたのだという証拠になった。巳之助の奴もこれで言い訳は出来ぬな」

勇んだ声で言い、千鶴を見た。

「巳之助の居場所、分かったのですね」

「分かったもなにも、巳之助の野郎とおきちは一緒に住んでいましたよ」

「向嶋ですか」

「まさか……」

「そのまさかですよ」

「そうです。奴は今、ならず者や浪人を使って高利貸しの焦げついた取り立てをやっています。三年前には人に使われていた者が、あっという間に元締めに出世したというわけです」

亀之助の言葉を受けて、猫八が言った。

「白骨が出て来たあの土地の沽券を味噌醤油屋に売ったのも、巳之助の野郎でし

た。巳之助とおきちは徳蔵を殺して、徳蔵が蓄えていた物全てを奪ったに違いありやせん」

「千鶴先生、そういうことですから、今晩奴等を捕縛します」

亀之助は興奮していた。

「旦那にとっちゃあ、久し振りのお手柄ですから……」

猫八が顔を近づけてきてささやいた。だが直ぐに眉をよせると、

「ただ、少々心配なことがありやしてね。奉行所から応援が来てくれるのかどうか」

「どうして？……人殺しを捕らえようとしているのに、助けてもらえないのですか」

「小者はよこしてくれるんでしょうが、なにしろうちの旦那は今までにもドジばかり踏んでおりやして信用がありませんから、本当か嘘かわからない話につき合ってはいられない。奉行所はそんな暇はないと……」

「まあ……ひどい」

千鶴が同情すると、猫八はいっそう声を潜めて、

「旦那はあんなにはしゃいでいますが、向こうには浪人が二人もいます。ひょっ

として返り討ちに遭うかもしれません」

「縁起でもない……」

「いいえ、本当です。旦那はそれも覚悟していましてね……千鶴先生には何もおっしゃいませんでしたが、この世の見納めに先生のお顔を拝みたいと」

「冗談言わないで下さい」

「ほんとです。先生にはせめていいとこお見せしたいという、旦那の精一杯の見栄でございますよ」

猫八は思わせぶりなことを言う。

「困った人ね……」

千鶴は苦笑して立ち上がった。

——求馬様……。

話を聞いていた求馬と目が合った。

「忠助、帰って一眠りするか」

求馬は素知らぬ顔をして忠助に声をかけると、廊下に消えた。

忠助が後を追っかける。

二人がいなくなったのを見た亀之助が、頬を膨らませて言った。

「千鶴先生、あの人たちですが、顔の復元に協力してくれて有り難いとは思っていますが、夕べからずっと先生と一緒だったんですか」

「だからこそ、出来上がったんじゃないですか」

「気をつけたほうがいいですよ、先生。男は皆狼ですから……私は別ですけどね」

「浦島の旦那」

「分かるんですよ、私には。あのお武家、菊池殿は危険です」

「いい加減にして下さい。そんな変なことおっしゃるのなら、金輪際協力はお断りします」

千鶴は本気で一喝していた。


月が出ていた。

優しい光を地上に放ち、隅田川沿いに見える桜の蕾の開くのを見守っているようだった。

だが、向嶋のこの、竹屋の渡しから入った畑の中の一軒家は、今夜は異様な空気に包まれていた。

日頃から周りの百姓屋からも敬遠されている家である。

常々目つきのよくない人間が集まっているし、夜になると、どこからともなくやって来る遊び人たちの博打場にもなっていて、夜のしじまを破るのであった。

異様な空気は、その裏庭にあった。

一人の若者が散々に殴られているのだった。

所構わず殴る鈍い音は、若者の背を打ち、腹を蹴り上げる音だった。

「辰《たつ》、これでよく分かったろう。俺たちの仕事には、人情なんてもんはいらねぇんだ。人間の心なんぞ捨てるこった」

縁側で脛をめくって、片膝立てている青白い顔の男が言った。男は切れ長の目を持つちょっとしたいい男だが、月に照らされたその顔には、血の一筋も通ってはいないような冷たさがあった。

男の両脇には浪人が座っていた。一人は包帯を巻いている。

そして庭には竹の棒を持った男が一人、これは若者を打ち据えている男だが、その他にも、蹴り上げたり殴ったりする者たちが合わせて五人、庭に正座をさせられて、傷つけられて朦朧としている一人の若い男を見下ろしていた。

「辰、なんとか言ってみろ」

縁側の男がまた言った。

「み、巳之の旦那」

辰と呼ばれた男が、声をふり絞るようにして言った。

「み、巳之の旦那……あっしにはもうできねえ……この布団一枚をとられたら、この病人は死んじまう。そう言われてもはぎ取れっていうんですか」

「馬鹿野郎、人はいずれ死ぬんだぜ」

「ですが、もうできねえ。足を洗わせて頂きます」

「てめえ！……この巳之助を裏切るってか」

巳之助は裏庭に飛び下りると、竹の棒を手下の男から取り上げて、続け様に辰と呼ばれている男の背を打ち据えた。

その時である。

恐怖でひきつった、悲鳴にも似た泣き声が座敷の方でおこった。

泣いているのは四、五歳の女の子だった。

「うるさい。おきち……おあきをむこうへ連れて行け」

巳之助は座敷に向かって、おきちを呼んだ。

慌てて奥から飛び出して来た女が、徳蔵の女房だったおきちである。

「おあき……」

おきちは娘のおあきを抱き締めて、巳之助をきっと見た。

「なんだその目は……お前たちまで逆らうのか」

「おまえさん、おあきが泣くのもむりはありませんよ。お願いですから、これ以上ひどいことはやめて下さいな」

「何……」

巳之助は、今度は座敷に飛び上がると、おきちの頬を張った。

「あっ……」

おきちは頬を押さえて、きっと巳之助を睨み据える。

そのおきちの顔に、巳之助は冷たく言い放った。

「おあきは吉原に売る。いいな」

「鬼……鬼だよ、おまえさんは……おまえさん、おあきはあんたの娘じゃないか。その娘を女郎屋に売るって言うのかい。まだこんなに幼い娘を……」

「ふん。女郎をしていたおまえのこった。誰の子か分かったもんじゃねえやな。俺にこんなに逆らう娘は、徳蔵の娘に違えねえのさ。あの、お人好しの馬鹿な男が、おあきのてておやだ」

「おとっつあんの悪口を言わないで。おじさんなんて大嫌い」

おあきは泣きながら座敷を飛び出した。

「おあき……」

おきちが出て行くと、巳之助は憎々しげに舌打ちをした。おきちが去った先を顎で差し、

「潮時だな。頃合を見て始末してくれ」

二人の浪人に頷いてみせた。

「おっと、そうはさせないぞ。お前を徳蔵殺しで捕縛する。神妙にしろ」

飛び込んで来たのは亀之助と猫八だった。

同時に大勢の小者が庭に走り込んで来た。

だがどうやら、仲間の同心の応援はなかったものとみえ、亀之助は白い鉢巻きに白い襷、同じく猫八も鉢巻き襷で討ち入りの体《てい》、決死の表情で立っている。

巳之助はせせら笑った。

「徳蔵殺しだと……証拠がねえぜ」

「証拠はある。縁の下から徳蔵が生き返ったんだ」

「馬鹿な……幽霊じゃあるまいし。先生方、この寝ぼけた旦那を、あの世に送

ってやってくれ。ついでに、庭にいる小者も一人一両、お願いします」

巳之助が言い終わらぬうちに、二人の浪人は刀を抜いていた。

もっとも、二人のうち一人の浪人は怪我をして腕をつっている。戦意はなく腰が引けていた。

巳之助も、懐から匕首《あいくち》を抜き取ると、お手玉のように右手左手に持ち替えていたが、突然、亀之助の懐に飛び込んで来た。

「うわっ」

叫びながらも、亀之助はこれを躱し、抜いた刀で巳之助に打ちかかった。

だが、巳之助はひらりと躱すと、一目散に表に出た。

浪人二人も、巳之助を庇うようにして走って出た。

「猫八、後は頼んだぞ」

亀之助は、ぐいと歯を食いしばると、巳之助たちを追った。

だが、一軒家を出たところで目を見張った。

巳之助は既に草地に倒れており、浪人二人の剣の先には、菊池求馬が颯爽と立っていた。

声をかける間もなく、殺気が走った。

　浪人の一人が、声をあげて突っ込んだ。

　一合《ごう》、二合……浪人と求馬が打ち合って互いに飛びのいた時、ぐらりと浪人の方が崩れていった。

　求馬はすぐに体の向きを変え、

「おぬしはどうする……柳原で千鶴殿を襲った者だな。なにもかも知れているぞ。死にたくなければ刀を捨てろ。みっつ数えるうちにだ」

　正眼に構えたまま、怪我をしている浪人に言い放つ。

「ひとーつ、ふたーつ、みっつ」

　数えた途端、怪我をしている浪人が刀を捨てた。

「菊池殿、かたじけない」

　亀之助が頭を下げると、求馬はふっと苦笑して、月を背にして去っていった。

「菊池殿……」

「こちらですよ。どうぞお入り下さい」

　千鶴は、亀之助に連れられてやってきたおきちを、顔の復元をした小座敷に招き入れた。

徳蔵殺しが決着をみた翌日のことだった。

千鶴たちが推量していた通り、巳之助は徳蔵を殺して縁の下に埋め、おきちには神隠しにあったようだと言って騙し、おきち親子を引き取る形で、徳蔵の財産をすべてわがものとしていたのだった。

亀之助はおきちも殺しに嚙んでいると睨んでいたが、向嶋の一軒家で痛めつけられていた若い男の証言で、おきち自身もうまく騙されていたと分かり、おきち親子は無罪放免となったのであった。

徳蔵の骨が店の跡から出て、それを復元したことは既におきちにも伝えてあった。

骨を埋葬する前に、一度その顔をみたいとおきちが言い出して、亀之助が案内してきたのであった。

おあきも治療院まで一緒に来てはいるが、お竹と庭でたんぽぽを摘んでいる。

おきちの話では、おあきの父親は巳之助だということだし、復元した顔を見せると衝撃を受けるのではないかと、そういう配慮があったのである。

「おきちさん……」

千鶴が、復元した顔を覆っていた布を取ると、あの優しげな徳蔵の顔が現れた。こころなしか、ほっとした顔にみえるのが不思議だった。

「あんた……ごめんなさい。なんにも知らなくて、ごめんなさい」

おきちは泣き崩れた。

「おきちさん……」

「先生……私、なんとなく、徳蔵さんは殺されたんじゃないかと思ってました。でも、恐ろしくて、あの巳之助が恐ろしくて、尋ねることができませんでした。心のどこかに、巳之助はおあきの父親、おあきの幸せを考えると、怒らせるようなことは言ってはいけないって」

「……」

「でもねえ、おまえさん」

おきちは涙の目で徳蔵の顔を見た。

「でも……おあきはね、おまえさん。巳之助を一度だって、おとっつあんと呼んだことはありませんでしたよ。あの子の心の中のおとっつあんは、おまえさん、おまえさん一人です……」

「おきちさん」

千鶴も思わず胸を熱くする。

「おまえさんさえ許してくれるなら、おまえさんの骨を持って、上総のおっかさんに会いに行ってもいいかしら……ええ、その時には、おあきを、おまえさんの娘だと、嘘でもおっかさんに言って、せめておまえさんのかわりに孝行をさせてください」

おきちはまた、泣き崩れた。

その時である。

たんぽぽを持ったおあきが、とことこと入って来た。

「駄目よ、こちらにおいでなさい」

庭からお竹がおあきを呼ぶ。

千鶴は急いで、復元の顔に布をかけた。

「おっかさん……」

心細げなおあきが言った。

「おっかさん、おとっつあんの所に帰ろう……早く帰ろう」

その手を千鶴が包んで、

「おあきちゃん、もうすぐね、おとっつあんが小さい頃に住んでいた田舎に行って、おばあちゃんに会うんですよ」

この部屋の異様な空気を悟らせまいと、ほほ笑んで言い聞かす。

「本当……」

おあきの顔が輝いた。

「本当よ」

「おっかさん、本当……」

今度はおきちに聞いた。

おきちは顔を起こして涙を拭くと、笑みを浮かべて、

「本当よ。おばあちゃんに会いにいこうね」

「わーい……」

おあきは、部屋の外に走り出て、お竹の待つ庭に飛び下りた。

「ああ……ちょうちょ、ちょうちょ……待て……待て」

おあきが庭ではしゃいでいる声が聞こえてきた。

「先生、浦島の旦那……ありがとうございました。私、徳蔵さんのかわりに、おっかさんの死に水をとるつもりです。あの人にもらった優しい心を、おっかさんにお返しするつもりです」

おきちは、徳蔵の顔を見ながら、約束を交わすように言った。

そのおきちを、徳蔵の復元の顔が静かに頷きながら見詰めているように見えた。

第二話　花蠟燭

一

霧のような細い雨が、今朝方未明から降り続いていた。

開花間近の桜の蕾にその時を告げ、木の芽草の芽を伸張させる優しい雨だと千鶴は見ていた。

だが、小伝馬町牢屋敷の門前に立ち、蛇の目の傘を傾けて、牢屋敷にけぶる雨を仰いだ時、そんな先の感慨など一変する、陰鬱《いんうつ》で、暗澹《あんたん》たる風情《ふぜい》を見た。

千鶴が牢医師としてここに出入りするようになって一年になる。

牢屋には本道の医師二人が交替で詰めていて、他に隔日で外科医が見回っているのだが、千鶴の場合は定員外の女牢のみを担当する医師、それも東湖の娘で長崎帰りの医師としての腕を買われてのことで、特別に牢屋敷から呼び出しがあった時のみ訪れる。

その度に、この門前から眺める三千坪近くもある牢屋敷の甍《いらか》には、いいようのしれない重苦しいものが横たわっているように見えた。

ましてどんよりとした雨雲の立ち込める今日のような日は、一層の感がある。

「先生……千鶴先生」

牢同心有田万之助《ありたまんのすけ》が振り返って千鶴を促した。

有田は、千鶴を治療院まで迎えに来てくれた牢同心である。

千鶴は、我に返ると有田に従い、門をくぐって牢同心の詰所に向かった。

この小伝馬町の牢屋敷は町奉行所の管轄下にある。

牢屋奉行の石出帯刀《いしでたてわき》は与力の格式で、役高は両町奉行所の与力より少し高い三百石である。町方の与力と同じく禄は旗本並でも、将軍への謁見が許されていない御目見以下の御家人の身分であった。

三十俵の微禄でも御旗本衆ならば将軍謁見が適う。身分上は町方与力も牢屋奉行も、不浄役人として敬遠されていたのである。

牢屋奉行が与力格なら、その配下には与力以上の格式の者はいないわけだから、石出帯刀の配下は、牢同心五十余人と三十数人の下男《しもおとこ》と呼ばれる者たちで構成されていた。

この牢同心だが、町奉行所の同心と比べると、十俵以上の禄の差があった。住まいも八丁堀ではなく、牢屋敷の同心長屋に住んでいた。

そういうわけだから、牢同心のお役目はというと、下男を使いながら牢内の取締り、事務、監督が役目であって、吟味したり拷問をしたりする権限も職務も牢同心のお役目にはなかった。

その務めは、もっぱら牢内の囚人たちの管理監督にあったのである。

有田万之助は、牢内の管理をする平当番と呼ばれるお役についている世話役同心で、必要に応じて鍵役に相談した上で、千鶴を呼びに来るのであった。

「桂先生がみえました」

同心詰所で有田が告げると、すぐに鍵役の蜂谷吉之進《はちやよしのしん》が顔を出した。

鍵役とは、獄舎の鍵の開閉の権限を持つ同心で、牢同心の中では筆頭同心格の者である。

「ご苦労様です」

蜂谷吉之進は鍵の束をつかむと、千鶴を伴って囚人たちが入っている牢獄への門をくぐった。

そして、当番所にいったん入り、西の牢屋に通じる格子戸の鍵を開けた。

千鶴と一緒に有田万之助と下男の頭重蔵《しげぞう》もついてきた。

小伝馬町の牢屋は、当番所を挟んで東牢と西牢に分かれている。

たとえば女牢がある西の牢屋は、当番所から西口揚り屋、西奥揚り屋、西大牢、西二間牢と続く。東牢も当番所から同様の牢屋が続くが、女牢は西口揚り屋が当てられていた。

東の口揚り屋は遠島部屋となっていたが、女囚が西の口揚り屋に入り切れなくなった場合は、この東の口揚り屋も使用することがあった。

ただ、女の囚人は少なくて、たいがい二、三十人だったから、この西の口揚り屋の牢で賄えた。

またこの獄舎の他にも別棟で、百姓牢と、旗本、御目見以上の武士や身分の高い神官僧侶を入れる揚り座敷と呼ばれる牢屋があった。

蜂谷吉之進は千鶴たちが格子戸の中に入ると、開けた格子戸をまたきちんと閉めた。

一同は牢内の鞘土間に立った。

鞘土間とはいわゆる通路のことだが、牢舎は内鞘と呼ばれる牢そのものの格子と、外鞘と呼ばれる建物自身の壁になる部分も格子になっていて、その二つの鞘の間が鞘土間と呼ばれている通路であった。だから鞘土間に立つと、片方は囚人がいる牢内が見えるし、一方には牢獄の庭が見えた。

今日は雨のために特に牢内は暗かった。牢特有の匂いも立ち込めていた。

一方牢獄の外は、いつ晴れるとも知れぬ雨が、ところ構わず生えている庭の雑草に冷たく降り注いでいた。

千鶴は吉之進と万之助と一緒に、女牢の框台と称する縁台前に立った。

万之助が中を覗くようにして、呼びかけた。

「お勝《かつ》、桂千鶴先生だ。お栄《えい》を出せ」

「へーい」

奥から重々しい声がした。

お勝と呼ばれたのは女牢の名主である。

吉之進が牢入り口の戸を鍵で開けると、女囚たちに支えられたお栄という女が框台に押し出されてきた。

重蔵がすぐにそこに茣蓙《ござ》を敷いて、お栄を寝かせた。

お栄の顔は真っ青だった。

「これは、どうしました？」

千鶴は框台に腰をかけてお栄の顔をみるなり、驚いて吉之進と万之助の顔を見上げた。

「産後の肥立ちが悪いのです」

万之助が暗い顔をして言った。

「産後の肥立ちとは……お産をしたのですか」

「はい。二十日ほど前ですが、お栄は女の子を生み落としまして……」

万之助は牢内を目で差した。

先程お勝と呼ばれた中年の女が、赤子を抱いて入り口までやって来て、眠っている赤子を千鶴に見せた。

「先生、この子だよ、お栄の子は……おふくって名をつけたんだ。おっかさんと違って、たくさん福をもらって幸せになるようにってね」

「おふくちゃん……」

「へい、可愛い名でござんしょ」

お勝の顔は嬉しそうだった。まるで孫でも披露しているかの様子である。

「おふくちゃんね……」

千鶴が赤子に笑みを送ると、

「先生、抱いてやってくれませんか」

お勝は入り口から、顔を出した。

「お勝……」

吉之進が厳しい声で諫《いさ》めたが、

「いいですよ、ついでに赤ちゃんも診てあげましょう。さあ……」

千鶴が腕を伸ばすと、お勝は千鶴の腕にそっと赤子を渡したのである。

一瞬、眠っていた赤子が顔をしかめたが、千鶴がそっと抱き留めると、またすやすやと眠りについた。

「お乳は飲んでますか」

「へい。ですが、ここ数日は近隣の町家に下男たちがもらい乳に走ってくれて、それを飲ませてしのいでいます」

「お通じは？」

「ちゃんとあります」

「そう……」

千鶴はそっと赤子を茣蓙の上に寝かせると、産着《うぶぎ》を解いて肌の色を見て、更に心臓の音を確かめ、胸や腹をさすった。

漢方医は体に触れることを避けるが、蘭方医の心得もある千鶴は、患者の肌に直接触って確かめる。

「結構ですね。今のところは心配ありません。風邪をひかせないようにして下さい」

産着を着せて抱き上げると、お栄が両手を合わせて千鶴を見上げていた。

双眸には涙が光り、やがて両頬を伝って落ちた。

「お栄ちゃん、良かったじゃないか。おふくちゃんは立派な先生に体を撫でてもらって診てもらったんだ。やっぱりこの子は福をもらって生まれてるよ。あとはあんたが元気になることだね」

お勝の言葉に千鶴も頷きながら、お栄の様子を一目して、その病が油断できないものと知り、胸苦しい思いに襲われていた。

千鶴はお勝の腕に赤子を戻すと、腰を落としてお栄の脈を診た。

「先生……ありがとうございます」

お栄は千鶴に腕を預けながら、小さい声で言った。

すると横から、万之助が説明した。

「ご存じの通り、囚人の女の出産は牢内でさせますが、外から付添人を連れてきてよいことになっています。無事に出産させるためです。また、生まれた子が乳離れをするまでは同じく牢内で付添人をつけて育てることも出来るのですが、付添人をつけるのは囚人の身内の者の差配となります。ところがお栄の場合は家が貧しい上に、母親はお栄がここに入った時から病気で伏せっていて、他に親類の者もおりません。そこで、出産の時にはこちらが特別のお情けをもって産婆につき添わせました。その後はこうして牢内の女たちが総出で育てているのですが、本人の体がこれじゃあこの先乳も満足に飲ませることができません。お栄が元気にならなければ、赤子は早々に非人に渡すことになるのです」

「牢医の先生には診て頂いたのですね」

千鶴は、お栄の手首から手を離して聞いた。

「むろんです。牢医の先生は、これ以上は手のうちようがないと言うのです。それで、先生にお願いした次第です」

「分かりました。手をつくしてみましょう」

千鶴は男たちに目配せをした。

三人の男たちは、外鞘により、千鶴たちに背をむけて牢舎の庭に向いた。

千鶴はお栄に次々と病状を尋ねた。そうして体の隅々まで触診した。

お栄の体は熱を帯びていた。

脈も弱く、胸に耳を当てると、呼吸の乱れが確認できた。

千鶴はお栄の体から身を起こすと、

「あとで調合した薬を持たせます。それをしっかり飲んで下さい。養生をきちんとすれば、時間はかかりますが良くなりますよ」

怯えたような目を向けているお栄に、力強い口調で言った。お栄の不安を取り除いてやろうと思ったのだ。だがお栄は、

「先生……長くはないのでしょう」

恐る恐る聞いてきた。

「馬鹿なことを……」

千鶴は素早くお栄の着物の前を合わせてやると、

「そんな弱気でどうしますか。治る病気も治りませんよ」

厳しく言った。お栄は頷くでもなく、否定するでもなく、千鶴の言葉を聞いていた。

千鶴の診たところでは、お栄の体はかなり弱っていた。厳しい牢屋の環境では養生するといっても限度がある。

元の体にもどれるのは八割方無理だろうと思われた。

いっそ浅草の溜《ため》に送ってやった方が、ここよりは養生はできるのではないかと千鶴は思った。

溜とは、浅草にある病囚、少年囚の収容所で、病状が重い囚人は溜に送って養生させた。しかしお栄の場合はその前に、赤子をどうするのか、安心して養生できるように赤子の行く末を決めてやらねば、お栄は溜に行くとは言わないだろうと千鶴は思った。

「わたくしの治療院はそう遠くないところにありますから、具合が悪いと思った時には我慢せずにお役人に頼みなさい。赤ちゃんのためにも、しっかりするのですよ」

千鶴は、お栄の目をとらえて言った。

千鶴が牢屋敷を出たのは八ツ頃だった。

雨はいつの間にか止んでいて、水分を含んだ土が一層黒々と見えた。

下駄を履いていたが、ぬかるみに足を踏み入れないように注意して歩きながら、千鶴は診察して戻った同心部屋で聞いた話を思い出していた。

お栄は、昨年の七月に、銀六という遊び人を殺して自分から奉行所に出頭してきたのだという。

当時お栄は、浅草阿部川町の蠟燭《ろうそく》問屋『三国屋』で女中をしていた。

その日は臨時の休みを貰って小梅瓦町の実家に帰り、七ツ過ぎに家を出て店に引き返した。

ところが東本願寺の西を流れる新堀川の菊屋橋を渡ったところで銀六に手込めにされそうになった。

お栄は河岸に逃げ、そこで積み上げてあった製材した杉の角材で、銀六の頭を打ったのである。

お栄の話では、隅田川に架かる吾妻《あづま》橋を渡ったあたりから、銀六に尾《つ》けられていたような気がしたというのだが、牢同心の話では、それ以上の詳しい経緯はわからなかった。

奉行所は、もともとの非は銀六にあるとして吟味に入った。

人を殺せば死罪が相場だが、お栄が死罪を免れるのは明白だった。

ところが吟味中に子を孕《はら》んでいることが分かったため、吟味そのものも現在中断しているとのことだった。

お栄の腹の子は誰の子なのか……。

吟味に当たった与力が何度も尋ねたが、お栄は口をつぐんで明かさなかったというのだが、次々と予期せぬ出来事にみまわれたお栄が哀れだと千鶴は思った。

お栄があのまま死ねば、娘のおふくは見知らぬ人の手に渡る。

千鶴はせめて、お栄の実家か縁戚に繋がる者が育ててくれないものかと、小伝馬町を出た時から考えている。

千鶴は、小伝馬町から治療院のある北に足をいったん向けたが、踵を返して両国橋に出、そこから町駕籠を拾って小梅瓦町に向かった。

女牢で聞いた話では、お栄の実家は貧しいらしい。

しかも母親が伏せっているとなると、父親の分からない赤子の話など持ち出せないかも知れないと思いながらも、足を向けずにはいられなかった。

はたして、小梅瓦町の瓦屋『武蔵屋』の横手を入った裏長屋に足を踏み入れた時、千鶴はもう後悔をしはじめていた。

お栄の両親は、同心部屋で聞いた話のとおり、一見しただけでお栄の子供の話どころではない生活を送っているのが見てとれた。

父親は足を引きずって杖をついていたし、母親は暗い部屋で伏せっていた。

千鶴が身分を明かして、小伝馬町からこちらに立ち寄ったとのだと伝えると、

「たった一人の娘の窮地も救ってやれねえで、親として恥ずかしく思いますが、この有様で……」

父親はちんと鼻をぬぐって、

「あっしは長年武蔵屋の瓦を焼いてきたんです。ですが一年めえに仕事場で怪我をしちまいました。二度と昔と同じ仕事につくことは出来なくなってしまいやした。折悪しく女房もこの通りで、いえ、女房は良い薬さえ飲めば元気が出ると医者から言われていたんですが、あっしが怪我をしたものですから、それどころじゃねえ。食うにも困って、あの日お栄を呼んだんです。話があるから帰ってきてほしいと……」

「それで、お栄さんは暇を貰ってこちらに帰っていたのですか」

「へい。今思えば馬鹿なことをしたものです。お栄を頼ろうとするなんぞ、親のすることじゃあねえやな。お栄はあの日、家に帰って来さえしなけりゃ、牢屋に入ることもなかったんでございやすからね」

「……」

「人間せっぱつまったら何を考えるのやら……親ならですよ、自分たちが飢えておっちんだって、娘の幸せを考えるもんですよ。それを、もっと金のとれる仕事に変えてはもらえねえかと、あっしは娘に言ったんでさ」

「もっと金になるって、まさか……」

体を売るということなのだろうかと父親を見ると、父親は小さく頷いてうなだれた。

そして、ぼそぼそと、もつれたような口調で言った。

「親を思う気持ちがあるなら、すまねえが、その体を売って助けてくれと……妾奉公して貰えねえかと、あっしは言ったんです」

「……」

「鬼ですよ、あっしたちは……お栄は二、三日、考えさせてほしいと店に戻って行ったんですが……」

父親は、天井をぽかんと見て話を聞いている母親をちらりと見た。

だがふっと気づいたように千鶴を見て、

「先生、お栄に何かあったのでしょうか。悪い知らせが、何か……」

不安な顔を向けてきた。

「ええ……」

「言って下さいまし……先生」

「お話ししないで帰ろうと思ったのですが、お栄さんは出産したのですよ」

「お栄が……出産。誰の子です」

「それは、お栄さんが明かさないようですから分かりませんが、色白の、可愛い女の子です。名をおふくちゃんといいます」

「おふく……お栄が赤子を……」

父親は激しく動揺しているようだったが、顔を上げて千鶴を見た。目は、うっすらと潤んでいた。

「ところが、お栄さんは産後の肥立ちが悪くて……」

千鶴は、出来れば溜に送って養生させてやりたいが、このままだと赤子は人の手に渡る。それでなんとかならないものかと相談にやってきたのだと告げた。

そんな相談は状況をみれば手にあまることだと承知していた。だが、娘の身を心底案じている両親にありのままを告げるべきだと思ったのだ。

「先生、赤子は、おふくは、ひきとります。そうします」

父親は膝を乗り出すようにして言った。

「でも……」

千鶴は周りを見渡した。

そこには貧しい暮らしが見えるだけ、ここに赤子を連れてくれば、一家の末路は聞かなくても目に見えていた。

「失礼ですがこの有様では……どなたか知り合いの方で、赤ちゃんを頼める人がいるのですか」

「いえ、それは……でもやってみます。かかあはほれ、あの通りでございまして、日に日に分別を失っておりやす。ですが、赤子の父親が誰であれ、お栄の子はあっしたち夫婦にとっちゃあ初孫です。この手に抱いてやりてえんです」

「しかし、そのお体では……それにね、赤子の養育にはお金もかかります」

「お金なら、少しはあります。三国屋さんから頂戴したお金があります」

「三国屋さんというと、お栄さんが奉公していた蠟燭問屋の……」

「へい。お栄がお奉行所に出向いたすぐあとに一度、そして昨年、長患いしていた大旦那様が亡くなって、ご養子となった与茂助《よもすけ》さんが大旦那様の名を襲名なさって喜兵衛《きへえ》さんと名を改められた時にも一度、お栄にかわって私どもにお見舞いだと申しまして、持ってきて下さったお金があります」

「まあ……ずいぶんと手厚いこと」

「お栄はあの店で、蠟燭に彩色をほどこしていたのですが、それが評判をよんで三国屋の蠟燭の名を高めたと、そうおっしゃって下さいまして……ちょっと待って下さい」

父親は話の途中で思い出したように奥に走り、紙箱を抱えてくると、その中から一本の蠟燭を出した。

「まあ……」

千鶴は感嘆の声をあげた。

蠟燭の肌は大理石のように白くつるつるとして美しかった。その蠟燭の肌に桜、朝顔、菊にすすきと、季節の花が施されていたのである。

「花蠟燭というのだそうですが……」

父親は自慢げに千鶴の手の上に載せた。

「この絵をお栄さんが？」

「へい」

「これに火を灯したら、さぞかし、美しいでしょうね」

「お武家や大店の娘さんには人気があるようです。もっともこの蠟燭は普通の蠟燭の三倍近い値がしますから、そうそうたくさん売れるものではないようですが、客の目を引くのだとか……」

「わたくしも、折があったら求めてみます」

「お栄が喜びます……今は旦那様になられましたが、与茂助さんがご養子になって若旦那様だった頃、この蠟燭を手ずから作られまして、それに彩色したのだと聞いておりやす。お栄は幼い頃から絵を書くのが好きでした。見よう見真似で書いていたのですが、若旦那様にその腕を見込まれて、蠟燭に絵を書くようになったのです。お給金も少しは多く頂けるようになった、何よりただの女中の身からお店で働けるようになったんだと嬉しそうに言っておりやした。辛抱して仕事を続ければ蠟燭絵師として腕も認めて貰えるし、お給金も増えると言っておりました。それなのに……すぐに金がほしいなどとあっしが言ったものだから……何度も申しやすが、悔いても悔やみ切れませんや」

「……」

父親は唇を嚙んだ。

「そういうわけで、三国屋さんがお金を持って来て下さったのです。そのお金は、お栄がもし、お裁きが軽くてこの家に帰ってきた時には、お栄に渡してやろうと置いてあります。少しはかかあの薬代に使わせてもらいましたが、おおかたは残っています。その金で赤子のもらい乳をし、子守を雇えば……」

「でもね、一年や二年の話ではないのですから……」

そうでなくとも目の前の老夫婦の体を見る限り、おふくが少なくても奉公にでられる年頃、十二、三歳まで健康でいられるのかどうか、危ぶまれると千鶴は思った。

――やはり、ここに来るべきではなかった。

かえって両親を苦しめることになった、悲しませることになったと、千鶴は自分の判断の甘さを恥じた。

――それにしても、お栄という人は……。

貧しい生活の中で体を痛めて暮らす両親を案じ、産んだ子の行く末を案ずるお栄の心を思うと哀れだった。

「わたくしも、何かいい方法がないか、もう一度考えてみます」

千鶴はそう言うと、待たせてあった駕籠に乗った。

二

「先生、ここ、ここですよ。よく見て下さい」

浦島亀之助は、ぐいと千鶴の顔に自分の顔を近づけて、額にできている吹き出物を指で差した。

「これ……何か悪いものじゃあないですか」

「浦島様、悪所通いのごほうびじゃないでしょうね」

千鶴は意地悪くからかってから、亀之助の顔を避けるように膝を回した。

「お道ちゃん、次の人を」

「ちょ、ちょっと待って下さいよ。私はまだ返事を頂いておりません」

「あ、そう……わかりました。浦島様、お気の毒ですが覚悟を決めて下さい。はい、これでよろしいですね」

「先生……そんな言い方、冷たくありませんか」

「だって、浦島様のお望みどおりに申し上げているのですよ」

「だから、本当のことを……」

「いいですか。そんな吹き出物、誰にでもできるものでしょ。そうでしょ。心配なら塩でもなすりつけて、顔でも洗っていらっしゃいな」

「冷たいなあ……私は重い病気なら、しばらくここに置いていただこうかと」

「残念でした。他に用がないのならお帰り下さい。患者さんが待っていますからね、浦島様のお相手などしていられません」

「ああ、ますます、酷《ひど》いな酷いな……先生、やっぱり私はうっとうしいだけの男ですか」

「今頃気がついたのですか、いつも変な用ばっかり持ち込んで。申し訳ありませんが帰って下さい。猫八さんに言いつけますよ」

「いいんですかね、そんなこと言って……先生、忘れたんですか。お栄の事件、詳しく知りたいなんて言ってたじゃないですか」

亀之助は突然、ここぞとばかり、にやりとして千鶴を見た。

「お栄さんのこと……何かわかったのですか」

「ほらほら……」

亀之助はせき立てられて上げた腰を、今度はどっかと千鶴の側に下ろして言った。

「あの事件は、去年の七月のことでした。昼間はうだるように暑い日で、夕立があったのですが、昼間の暑さは残ったままで、事件のあった菊屋橋の袂の店にある数珠屋の『里美屋』では、窓を開けて風を入れていたようで、奉公人の一人が二階からお栄が銀六の側にしゃがみこんでいるのを見ているんです」

「じゃあ、事件のあらましを見ていたんですか」

「さあ、そんな風には……聞いた話では、お栄が銀六を殴った後のことだと思われます」

「それで」

「その場に、若い男がいたのを見ていますよ」

「若い男……誰ですか」

「色の白いいい男で、その時はわからなかったのですが、後で三国屋の養子じゃないかと気づいたそうです」

「三国屋の養子……」

「今は主となって喜兵衛と名乗っていますが、前は与茂助と言っていた男です。若旦那ですよ」

「……」

妙な話を聞いたと思った。

先日千鶴は、小梅瓦町のお栄の実家を訪ねている。その時お栄の父親から、二度に渡って三国屋から見舞い金と称してお金を貰ったと言っていた。

いくら以前に、よく店に貢献してくれたからといってもお栄は一介の奉公人、そこまでするのは手厚すぎやしないかと、あの時千鶴は感じていた。

ところが、事件現場に若旦那の与茂助がいたと聞いて、千鶴の胸の中では口には出せない、ひとつの恐ろしい疑問が膨らんでいた。

「浦島様、その、お栄さんを見たという里美屋の奉公人の名は分かりますか」

「分かるとも、三吉という手代ですよ」

「お道ちゃん、患者さんはあと何人でしょう」

千鶴は、患者の足に軟膏を塗っているお道に聞いた。

その時だった。

「先生、すぐに来て頂けませんか」

有田万之助が険しい顔をして入って来た。

「お栄さん……お栄さん、しっかりしなさい」

千鶴は、目を閉じたまま闇の中であえいでいるお栄の手をとり、思わず声を上げていた。

千鶴の周りを女囚たちが取り巻いていて、鞘の外で待っている万之助や鍵役の吉之進には、お栄の様子も千鶴の姿も見えないようだった。

万之助と吉之進、それに下男の重蔵は、千鶴が自ら牢の中に入ると言った時、心配だから止めるようにと言ったのである。

女囚は女だからと言っても侮れない連中ばかりだ。静かに暮らしているように見えても、人殺しや窃盗強盗、恐喝に詐欺など、娑婆《しゃば》ではいっぱし男の向こうを張って世を渡ってきた連中ばかり。

そういう輩《やから》が現在のところ二十一人も入っているが、その中に千鶴が入った途端、親切を逆手に取られて牢抜けの人質にでもとられやしないかと心配したのであった。

だいたいが、牢医は鞘の外から病状を尋ね、よほど具合が悪いようならば縁台のところまで病人を押し出させて診察をする。

それが牢医のやり方だった。

女牢はともかくも、大勢押し込まれている男の牢は不衛生で悪臭を放っている囚人が多かったたし、そこまで熱心に診てやっていたら身が持たないといった事情もあった。

しかし千鶴は、万之助や吉之進のそんな心配をよそに、牢入り口の扉を開けさせて中に入り、用心のためにその扉に鍵をかけさせている。

役人たちの懸念を考え、また不測の事態も考えて、囚人たちがより一層重い罪を課せられることのないようにという気持ちからだった。

千鶴は、屏風《びょうぶ》を引き回したように囚人たちに取り巻かれながら、お栄の耳元に口を寄せた。

「お栄さん、あなたのお裁きですが、昨日、追放と決まったそうではありませんか。中追放ならばこの牢を出て、赤ちゃんと新天地でやり直しができるのです。頑張って下さい、お栄さん」

語りかけながら、千鶴はお栄に気つけ薬を施してやる。

シーボルトから譲り受けた南蛮渡来の気つけ薬だった。

すると、お栄が目を開けた。

人屏風が、一瞬揺れる。

「先生……みなさん……ありがと……」

お栄はまわりを見渡すと、小さい声で言った。

「馬鹿、先生はともかく、わたしたちは仲間じゃないか」

人屛風の誰かが言った。

お栄は弱々しい苦笑を浮かべると、一つ瞬きをして、

「先生……赤ちゃん、私の赤ちゃん」

手を伸ばした。

「ここだよ。ここにいるよ」

お勝が赤子を抱いたままお栄の枕元に座り、赤子をお栄の顔に近づけた。

お栄の目は、みるみる涙で膨れ上がった。

「先生……おふくを、どこかへ里子に……おねがい、この子をしあわせに……」

お栄は、おふくの小さな手を握った。

おふくは、火がついたように泣き始めた。

「よい子でいてね、おふく……なんにもしてあげられなかったおっかさんを、許して……」

人屛風が忍び泣きに包まれた。

「おふく……おふく、泣いちゃ駄目」

お栄は苦笑してあやしていたが、ふーっと大きい息をついたかと思うと、おふ

くの手を突然放し、ぱたりとその腕を床に落とした。

「お栄！……お栄ちゃん！」

女たちの輪が、千鶴に覆いかぶさった。

「ちくしょう。この世には神も仏もないもんかね」

誰かが叫んだ。

「もう黙っちゃいられねえ。先生……」

お勝はおふくを、側の女囚に渡すと、千鶴の側にすりよって、

「お栄は無実だったんですよ」

小声で言った。無念とも怒りともつかぬものでその眼が光っている。

「今、なんて言いました？」

千鶴は思わず声を潜めて、鞘の外にいる万之助や吉之進に視線を送った。だが、当然ながら二人の姿は、人屏風で見えなかった。

「お栄は……無実。あたしゃそう見ていましたね。旦那方にも誰にもそんな考えは明かさなかったけど、お栄から事件の話を聞いた時、そう思ったんだ」

お勝は言葉に力を込めた。

「じゃあ、誰がやったと？」

「そんなことは……でもあたしの目に狂いはないよ……先生、今更だけど、事件を調べ直してもらえないもんですかね」

お勝はぐっと千鶴に顔を寄せた。

「……」

「先生、私ら先生しか頼る人はいないんですよ、おふくちゃんのためにも、お願いします」

「分かりました、出来るだけの努力はしてみます。でも、このこと誰にも言っては駄目ですよ。お咎めを受けることになったら大変ですから」

「先生、恩にきます、ここにいる皆は、お栄を血のつながった姉妹だと思っているんですから……」

お勝は、お栄の顔を見ながら、しみじみとそう言った。

三

数珠屋『里美屋』の手代三吉は、千鶴を案内して菊屋橋の西の袂から河岸に下りた。

河岸に立つと、振り仰いで橋の西袂《だもと》にある里美屋の二階の窓を見て、その窓と自分たちが立っている河岸との視線上にある近くの場所を指で差した。

「ここでしたね。二人がいるのを私が見たのは……」

「その時の様子を詳しくお話しいただけませんでしょうか」

千鶴は三吉に言い、辺りを見渡した。

柴を積んだ舟が一艘河岸に繋がれている他は、今は閑散としたたたずまいであった。

ただ、菊屋橋は、浅草の寺町を東西に貫く道にあるために、昼間は結構人の往来は多いはずだった。

橋の西側は寺々の門前町がずっと西にむかってのびているが、橋の東袂から川沿いを北に向かっては東本願寺の塀となっているために、こちらは人の影などある筈はない。

ただ、お栄が銀六とかいう男を打ち殺したのは夕刻だったというから、橋の上を往来する人たちも昼間のように多くはなかったろうし、また橋の下の出来事までは夕闇に紛れて気がつかなかったのかもしれない。

「当時はここに、製材された角材や板が積み上げられていました。この近くで家の普請をやっていたためです。そこの橋の下にも積んでありましたね……」

三吉は、辺りを見渡して指で差し、

「町方の旦那からお聞きになっていると存じますが、私が店の二階から見た時には、ここに黒いものが一つ伸びていて、その側で男女が話し合っていました。その時はなんとなく変だなという気はしたのですが」

「変だなと言うと？」

「うまく言えませんが、女の方が何か訴えてるように見えたのです」

「……」

「訴えながら、女の方が私の方を見たような気がしました。それで私は窓を閉めたのです」

「後になって、それが人を殺《あや》めた女の人だと知ったのですね」

「はい。下手人が自分からお奉行所に出向いたと聞いて知ったのです。その後、お奉行所からも調べに来ることもありませんでしたから、私もこの話は、先日浦島様という南町のお役人様に話したのが初めてでした」

「それで……その時の若い男の人というのが、三国屋さんだったとおっしゃるのですね」

「はい、その時もなんとなくそうではないかと思っていましたら、後になって、死んだならず者を殴ったのは三国屋さんの女中さんだということを聞いたものですから、ああやっぱりと……私が見たのは三国屋さんの主だったのだと思ったわけです。三国屋さんはこの界隈《かいわい》の商店やお寺に蠟燭をおさめていますから、知らぬ者はいませんからね」

「どんな方ですか、三国屋さんは」

「色白な人ですね……目鼻も整っていて背が高くて……そうそう、三国屋さんの蠟燭が人気があるのは、あの人の力だって聞いていますよ」

「それは、先代のことではなくて、昨年跡を取った三国屋さんのことですね」

千鶴は念を押した。

三吉はしっかりと頷いた。


千鶴は辺りを見渡しながら、これは何の証拠もないのだが、お栄と三国屋との因縁は、蠟燭の製作という関係とは別に、浅からぬものがあるのではないかと考え始めていた。

いまさらこの場所に立ったところで、お栄が無実だったのかどうか知りようもないのだが、一人残された赤子のおふくのことを考えると、一刻も早く白黒をつけてやりたいと考えていた。

お栄が亡くなって三日が経つ。

牢屋敷からお栄の遺体は罪人扱いで運び出されている。

千鶴たちは回向院《えこういん》でその遺体を待ち受けて、払い下げて貰ったのである。

その後お栄の父親に遺体を渡し、ささやかだが葬儀は実家で行った。

あの、花蠟燭を灯して……花蠟燭の明りの中で見たお栄の顔は、美しかった。

お栄の父親は、花蠟燭の明りに揺れる娘の顔を撫でていたが、人目も憚らずそこで号泣したのであった。

千鶴の耳には、あの時の父親の泣き声が、いまだに耳についている。はらわたが飛び出しそうな泣き声だった。

一人娘に先立たれた親の悲しみはいかばかりかと胸が塞がれたが、千鶴が父親の涙よりも辛い思いで見ていたのは、起こったことさえ判別できない母親の姿だった。

母親はあいもかわらず天井を見詰めたままだったのである。

一方、赤子のおふくは千鶴が役人に交渉して、しかるべき養子先が決まるまで千鶴の治療院で預かることになり、お陰でお竹は、今赤子の世話でたいへんである。

本来なら医者の千鶴がそこまで面倒を見るいわれはない。

「苦労をしらないお嬢さま医者の気紛れにも困ったものだ」

牢役人の中には、皮肉たっぷりに注意をする者もいたのだが、同じ女として、千鶴は放ってはおけなかったのである。

お栄の父親が赤子の養育は無理だとしても、お栄が罪人ではなかったと分かれば、おふくの養子先も見つかりやすいというものである。

千鶴の意思はかたかった。

とはいえ、一介の医者が事件の真相を調べるなど至難の技だ。

千鶴はこの場所に立って、初めてそう思った。

勢いにまかせてやって来たが、不安が過《よ》ぎった。

ふっと溜め息をついて菊屋橋を見上げると、急ぎ足で渡ってくる浦島亀之助が見えた。

「浦島様……」

千鶴は浦島を呼んだ。

お奉行所では、事件探索の人員から外されている浦島だが、今の千鶴にとっては、唯一の助っ人だった。

「やっぱりここだったのですか」

亀之助は河岸に駆け下りて来た。

その亀之助の顔をみるなり、千鶴の脳裏にひらめいたものがあった。

「浦島様、ひとつ教えて頂きたいことがあるのですが……お栄さんが銀六を殴った角材は、どうしました？……まだ証拠として残してあるのでしょうか」

浦島は苦笑して、ひらひらと手を振って否定した。

「吟味が終わって罪状が決まれば捨てていると思いますよ」

「お栄さんの場合、中追放と決まったのはつい先日です」

「しかし事件は去年のことです」

「確かめて頂けませんか。お願いします」

千鶴は両手を合わせて浦島を見た。

「わかりました。調べてみましょう」

浦島は千鶴が両手頼みをしたものだから、急に役人然として胸を張ってみせたのである。

「いかがでございますか。お決まりになりましたでしょうか」

千鶴が店の框に腰をかけて、あれやこれやと蠟燭を並べて貰っているところに、手代と思われる前かけをした店の者が側にきて座り、手を膝に揃えて笑顔を見せた。

三国屋の店は蠟燭問屋だが、たいがいの問屋がそうであるように小売りもやっていた。

訪れる客は小間物屋や線香屋、数珠屋に混じって担い売りをする者たちまでひっきりなしにやって来て活況を呈していたが、客の半分は武家や町人の小売りを求める客だった。

千鶴も店に入って来てから、丁稚《でっち》に様々な蠟燭を出してもらいながら、主の喜兵衛が現れるのを待っていた。

お陰で千鶴の前には、百目蠟燭からはじまって、懐紙蠟燭などの小型の蠟燭、絵蠟燭、筆や筍そっくりに作り上げた変わり蠟燭など、多彩な種類が並べられていた。

ただ、お栄の実家で見た美しい花蠟燭は、見えなかった。

千鶴は、治療院で使用する燭台の蠟燭ぐらいは買い求めるつもりだったが、こうまで様々な蠟燭を出してもらっては、今更だが居心地が悪い。

どれを買おうかと思案していると、遠くから様子を窺っていた手代が現れて、千鶴に欲しい物は決まったのかどうかと聞いて来たのであった。ひょっとして手代は、千鶴の態度を訝しく思ってのことかも知れなかった。

「申し訳ございません。わたくしは桂治療院の医師でございます。治療室で使用する燭台の蠟燭を頂きにあがったのですが、いろいろと楽しい蠟燭がございましたので、楽しませて頂いておりました」

千鶴はまずは丁寧に断りを入れ、

「それはそうと、少し前に花蠟燭という美しい蠟燭があるとお聞きしたのですが……」

手代の顔を窺った。

「ああ、あれはもうございません」

手代は一瞬顔を曇らせたが、すぐに笑顔を戻して言った。

「それは残念です。わたくしが往診したあるお屋敷で拝見したのですが、それは美しくて……」

「申し訳ございません。あの絵を書いていた者が店を辞めまして……でも、蠟燭そのものは変わってはおりませんです、はい」

手代は、側にあった絵蠟燭を取り上げて、

「この絵つけをした者は、あの蠟燭の絵つけをした者とは違いますが、蠟燭そのものの肌は同じでございます。これは大変良い品でございますよ。炎も強くて明るうございます。実を申しますと、手前どもの主は蠟そのものにたいへん厳しゅうございまして、自身も蠟燭作りを致しますものですから……」

「ご主人様はいらっしゃいますか」

「えっ……いえ、蠟を求めて東に西に年中自ら買いつけにまわっておりまして……」

「では、本日はいらっしゃらない」

「はい、先月末から出張しております。精製の良い臘、確かな蠟を手に入れるために、もう今の時期から走り回っているのでございます。櫨《はぜ》や漆の実の収穫期にまわっていたのでは、とても良い蠟が手に入りません。で、どちらの蠟燭に致しましょうか」

如才のない応対を手代はする。

「じゃあこちらを一箱」

千鶴もそれとなく、燭台の蠟燭一箱を頼むと、

「一度ご主人様にお目にかかりたいのですが……いえ、実は、治療院で使用する特別の蠟燭をつくって頂きたいのでございます」

さりげなく言った。

「承知しました。旅から帰りましたら伝えましょう」

「いつ頃になるのでしょうか」

手代は、蠟燭の箱を紙に包みながら、

「この度は西国に参りましたので、そうですね、この月末には帰って参ると存じます」

「それじゃあ、よろしくお願い致します」

千鶴は、蠟燭の包みを受け取ると、手代に送られて三国屋を出た。

だが、しばらく歩いたところで、尾けられているのに気がついた。

千鶴が足を早めるとその者も足を早め、大道に出ている露店で足を止めると、その者も足を止めた。

その者とは、女だった。若い女で風呂敷包みを抱えていて、どこかに使いに出された女中のようだが、その用向きは千鶴にあるようだった。

そういえばその女は、阿部川町の三国屋を出たところから、尾いてきたようにも思える。

千鶴は新堀川に出たところで、ある商家の角を曲がると、その物陰に身を隠した。

はたして、女も角を曲がってきたが、自分が尾けてきた筈の千鶴の姿を見失って立ち止まった。

「わたくしに何の用です」

物陰から千鶴が女の背に呼びかけると、女は一瞬息を止めて振り向いた。

「三国屋さんから尾けてきましたね」

厳しい顔で千鶴が言った。

「申し訳ありません。私は三国屋で女中をしているお里といいます。お店で先生が桂治療院だとおっしゃったのを聞きまして、お尋ねしたいことがあって」

「なんでしょうか」

「あの、お栄ちゃんが産んだ赤ちゃんが、先生のところにいると聞きまして……」

「あなたは……」

千鶴は意外な思いでお里を見た。お栄の赤子のことは、関わった者以外知らないことだった。

「わたし、実家がお栄ちゃんと同じ小梅瓦町なものですから、先日実家に帰った時に、お栄ちゃんのおとっつあんから聞きまして」

「あなたは、お栄さんが身ごもっていたことを知っていたのですか」

「いいえ、知りませんでした。ですからびっくりして、いったい誰の子なのかと」

「わたくしにもそれは分かりません。ひょっとしてあなたには心当たりがあるのではありませんか」

「いえ……」

お里は口ごもった。

何か知りたいことがあったからこそ、ここまで尾けてきたに違いないのだが、逆に千鶴に子供の父親のことを尋ねられて狼狽しているようだった。

お里は、頭の回転の早そうな娘だった。

千鶴は質問を変えた。

「あなたがお栄ちゃんの友達なら、わたくしもお聞きしたいことがあります」

千鶴は、お栄は無実だったのではないかと、事件当時のことを調べ直しているのだと告げた。

「同じ女子として、じっとしていられなくなったのです。あなたも、何か知っていることがあれば教えて下さい」

じっと見た。するとお里は、

「私が知っているお栄ちゃんは、三国屋にご養子に入ったばかりの与茂助さんのために……あの、今の旦那様のことですが……それは一生懸命でした」

「花蠟燭をつくったこと？」

「はい。あの花蠟燭が成功したからこそ、与茂助さんは三国屋を継ぐことが出来たのです」

「どういうことですか。お里さん、ちょっと、ちょっとね、お手間はとらせません。あなたもお栄さんの赤子を案じているのなら、わたくしに協力して下さい」

千鶴はすぐ側のしるこ屋に、お里を引っ張っていった。

お里は遠くまで千鶴を追っかけてきたことを、ちょっぴり後悔しているようだったが、後ろを振り返って、店の者の眼がないことを確かめると安堵《あんど》したように、

「お店に引き返さなければなりませんが、ほんの少しなら……」

千鶴についてしるこ屋に入った。

千鶴はすぐにしるこを頼むと、お里に向き直った。

「さっきの話ですが」

「はい……」

お里は頷いて、中断した話を始めた。

お里の話によれば、先代三国屋には跡取りがいなかった。

そこで、奉公人の中から与茂助が選ばれて養子になった。

与茂助は会津の人だが、幼い頃から苦労して育った人で、江戸に出てきて三国屋に入った。幼い頃から蠟づくりをやったことがあるようで、すぐに三国屋で頭角を現した。

先代三国屋にすっかり気に入られた与茂助は、養子となったのである。

ところが、先代喜兵衛の遠縁の者が、なぜ血の繋がらない赤の他人に店をやるのだと横槍を入れてきた。

そこで先代は与茂助に事情を話して、皆をあっといわせるだけの商品をつくってみろと言いつけた。

三国屋の名を高めるほどの蠟燭が出来上がれば、お前を正式に跡取りにすると言ったのである。

「この話はお栄ちゃんから聞いたのですが、そういうことでしたから、お栄ちゃんもずいぶん熱心で、与茂助さんを手助けしてやるのだと言っては、夜中に作業場に出かけて行ったのを覚えています。与茂助さんが櫨の実にまで心を配るようになったのは、そんな時からです」

「すると、お栄さんの事件があったのは、まだ正式に跡取りとは決まっていなかった頃でしょうか」

「はい。跡取りのことは、ぎりぎりまで分からないことでした。そんな大事な時にお栄ちゃんがあんなことになって、ずいぶん与茂助さんは痛手を受けたとは思うのですが……銀六という人が死んだことは、与茂助さんにとっては良かったのではないかと思います」

「良かった……？　どういうことです？」

「お栄ちゃんを菊屋橋で襲った銀六という人は、何度か三国屋に現れて与茂助さんを呼び出していた人です」

「本当ですか」

「はい。私が取り次いでいましたから……その時、与茂助さんは脅されているような感じがしたんです」

「お里さん……」

千鶴は驚愕してお里を見た。お里は言った。

「与茂助さんは、銀六さんに二度お金を渡しました。でも三度目には追い返していました。私には銀六さんのことを、田舎の友達だと与茂助さんは言っていました。商売に失敗して、しょうがない奴なんだと……。銀六さんは三度目にはねつけられて、それで花蠟燭を作るのになくてはならないお栄ちゃんを襲ったのではないかと思います。銀六という人は与茂助さんを困らせようとしてお栄ちゃんを襲って手込めにしようとしたのではないかと……私、そう思っているんです」

「そう……そんなことがあったのですか」

「はい。ですから私は、あんまりお栄ちゃんが気の毒で……それでせめて赤ちゃんだけでも、幸せになってほしいと」

「お里さん。ひとつ確かめておきたいのですが、三国屋の旦那さんは、昔の与茂助さんのことですが、お栄さんが身ごもっていたことは知っていたのでしょうか」

「それは知らないと思います。与茂助さんは三国屋の旦那様になっても、ちっとも偉ぶったりしません。奉公人のすみずみにまで心配りをしてくれるお方です。お栄ちゃんの実家にも私がお見舞いを運んでおります。そういう人です。もしもお栄ちゃんが亡くなったことや、赤子が産まれたことなど知っていれば、放ってはおかないと思います」

お里は淡々と話してくれた。

四

千鶴がお道を連れて往診をすませて帰って来ると、赤子の泣き声が耳をついた。

「また泣いてますよ、先生」

お道は、うんざりした顔をした。

おふくは泣き出したら、しばらく泣き止まない。

千鶴などはいくら抱いても駄目、お道も駄目で、お竹だけが赤子を黙らせるこつを知っていた。

お竹は千鶴を育てている。

それもあってか、

「ただ揺すればいいというものではありませんよ。赤ちゃんは何も言えない、分からないと思っているのでしょうが、それは間違いでしてね。泣くことで自分の気持ちを伝えているのですから」

などと言いながら、

「おお、よしよし……」

と赤子を抱いたその腕を、ゆりかごのように揺すってみたり、

「その泣き方はおしめね、はいはい、いますぐ気持ちよくなりますよ」

などと赤子に話しかけながら、てきぱきとおしめを取り替えたりする。

お竹の前には、千鶴もお道も脱帽だった。

ところが今日は、そのお竹が赤子に手を焼いている。

「お竹さん……」

千鶴は赤子の泣き声がする診療所への廊下を足早に渡った。

お竹は診療所の前庭でおふくをだっこして、あっちに行ったりこっちに行ったりしていたが、その顔はほとほと疲れたという様子であった。

「あっ、千鶴様、お帰りなさいませ。すみません、まだお夕飯の用意は出来てい

ないのです」

お竹は大声で言った。

「私がかわりましょうか」

千鶴が腕を伸ばすと、さすがのお竹も疲れていたとみえ、おふくを千鶴の腕に渡した。

「お乳がほしいのでありませんか」

「それが先程あげたのですが、本当のお乳を吸うわけではありませんから、うまく飲めなくて癇癪をおこしたのです」

「とにかく、そのお乳をこちらに持ってきて下さい」

お竹は千鶴に言われて大急ぎで台所に走った。

いつもは、近くの知り合いのかみさんに、直接乳を含ませて貰っているのだが、今日はその人が実家に帰っているとかで、絞り乳を貰っていた。それを布に含ませて吸わせていたのだが、うまく飲めなかったようである。

その時だった。

「先生、やっぱりたいへんなことになっているようですね」

むかし産婆をやっていたおとみが現れた。

おとみは三日にあげず、千鶴のところに腰の湿布にやってきている。今日は若い女を連れていた。

「どれどれ……」

千鶴から赤子を取り上げて、連れてきた女にひょいと渡すと、

「すまないね、頼むよ」

と女に言った。

女は「はい」と返事して縁側に腰を下ろすと、たわわな乳房をぷりんと出して、おふくの口にその乳首を含ませた。

「うぐ、うぐ……」

おふくは、飢えていたように乳を飲んだ。

お竹は台所から飛んで戻ってくると、ぺたりとそこに座って言った。

「若い時にはなんでもなかったのに、少し泣かれると疲れて疲れて……千鶴お嬢様はおとなしいお子だったからかもしれませんが、私には荷が重すぎます」

お竹らしくもなく、弱音を吐いた。

「本当に丁度よかった。おとみさんありがとう、助かりました」

千鶴もほっとして、おとみに礼を言う。

「なあに、先生にはいつも只《ただ》同然で診ていただいておりますからね。こういう時ぐらいお役にたたないと……」

おとみは、おふくの頰をちょんちょんと触った後、

「でも先生、いつまでこの赤ちゃん、ここにおいとくんですか。養子に出すって言ってましたが、決まりましたか」

「いえ、まだです」

「じゃあ私もどこか当たってみましょう。これだけの器量をした赤ちゃんは、きっと引く手数多《あまた》ですよ」

「あら、おとみさん。赤ちゃんなんて、みんなお猿さんのようだと思っていたけど、やっぱり器量のよしあしって分かるのかしら」

お道が言った。

「分かりますよ。こうみえてもあたしゃ長年産婆をやってきたんですよ」

「ふーん……おふくちゃんは、将来美人になるんだね」

お道も、おとみにならって、おふくの頰をつんつん触った。

おふくが幸せそうに、手をにぎにぎしたり、足をつんつん踏ん張ったりしながら乳を飲んでいるのを見るのが千鶴は一番好きだった。

「先生、ちょっと……」

おふくを見ていた千鶴の背に、お竹が呼びかけた。

振り返ると、お竹は千鶴を隣室の調合室に誘い、文机《ふづくえ》の上を差した。

「お栄さんの父親が来ていたんです。おふくちゃんを抱いて、泣いたり笑ったりして帰っていったんですが、この紙包みを先生に渡してほしいといいましてね」

「……」

「私に……」

千鶴は紙包みを開けた。

あの、お栄の実家で見た花蠟燭が入っていた。

「蠟燭じゃありませんか」

お竹が驚いて声を上げた。

「ええ、お栄さんが書いた絵蠟燭です」

「まあ……お栄さんが」

「きっと、おふくちゃんに持たせてほしいと、そういうつもりだったんでしょうね」

愛しい孫を自分の手で育てられず、人様に渡すお栄の父親の心を思うと胸が痛んだ。

千鶴は蠟燭を立ててみた。

蠟燭の長さは優に一尺はあった。

そして太さは直径二寸余もあり、白い肌のぐるりには、桃色の桜、弦《つる》をのばした薄紫色の変わり朝顔、そして黄色い菊にすすきの穂が描かれていた。

「絵蠟燭もいろいろと見てきましたが、このように美しいのは初めてです」

お竹は感心して見詰める。

縁側の方から、おふくをあやすお道の声と、機嫌のよくなったおふくの声が聞こえてきた。

どっと笑い声が立つ。

「さぞかし、心残りだったでしょうね」

お竹はぽつりと言うと、前だれで目頭をそっと押さえた。

「ええ……」

――お栄さん、きっとこの蠟燭、おふくちゃんに持たせますからね。

千鶴は蠟燭を見詰めながらお栄に誓った。おふくをあやしながら死んでいったお栄の姿が、また千鶴の脳裏を掠めていった。

お栄は千鶴とさほどかわらぬ年頃だった。それを考えるにつけ、もし自分がお栄だったらどうしただろうと、何を考えたのだろうと思うのである。

――せめて汚名を晴らせるのなら……。

千鶴は、蠟燭に手を合わせた。

菊池求馬と猫八が、遊び人風の男の腕をねじ上げるようにして、千鶴のところにやって来たのは、その日の夕刻だった。

お道は三人を、患者のいなくなった治療室に案内すると、

「変なとり合わせですこと、浦島の旦那じゃなくて、猫八さん、いつから求馬様の手下になったのですか」

猫八をからかった。

「どうもこうもねえ。あっしが両国でこの野郎をつかまえて、いろいろ話を聞こうとしたんですが暴れ出しやしてね、丁度そこを通りかかったのが菊池様というわけです」

猫八は千鶴に説明すると、ふて腐れてそこに立っている遊び人に、

「やい。突っ立ってねえで、座れ。ここに座って、俺が聞いた話をこの先生に直

接するんだ。いいか、ここは番屋じゃねえが、この先生はお奉行所にも牢屋敷にも出入りしているええ先生だ。いい加減なことを言った日にゃあ、この旦那がもう一度お前をぶっとばすぞ」

猫八はなんのことはない、求馬を盾にして脅したのであった。

「この人は……」

連れてきた男を見て怪訝な顔をして聞いた千鶴に、猫八が説明した。

「先生が昨日あっしに言ったでしょ。お栄に殺された銀六という野郎は、三国屋の旦那を脅していたって……。それであっしはぴんと来たんです。銀六のダチ公を当たれば、先生が疑問に思ってらっしゃることが解けるかもしれねえと……こいつは矢市《やいち》というけちな野郎ですが、銀六と親しかったようですから」

「猫八さん、ありがとう」

「なあに、そうは言うものの、菊池の旦那に会わなかったら、取り逃がすところでした。この野郎は、めっぽうな力持ちでして」

「まあ……」

苦笑して、側にいる求馬を見ると、

「俺の家は薬研堀《やげんぼり》の裏手にあるのだ。偶然だったのだ」

求馬は頭を掻いた。

「さあ、話せ。ちゃんと話してくれたら、帰してやるぞ」

猫八が凄んでみせた。十手で矢市の胸をぐいと押す。

「分かったよ。わかったから……」

矢市は十手を払うと、

「この親分に聞かれたのはよ。銀六がなぜ三国屋の与茂助を強請《ゆす》っていたかということだが、俺が聞いた話では、銀六は若旦那になった与茂助と郷里が一緒だったと言っていやした」

「すると、会津ですね」

「そうだろうな……で、銀六から聞いたのは、与茂助は昔、この江戸に出てくる途中、ある旅籠《はたご》で盗みをやったことがある、そういう悪い人間だったんだと……そんな人間が善人面して若旦那におさまろうとしているんだと」

「その話、本当なんですか」

「あの銀六の言うことだからな。嘘か本当か、あっしも計り兼ねていたが、銀六はそう言っていた。だからあの日も銀六はこう言ったんだ。与茂助はシラを切っているが、もうひと押しして金にするんだってね、そう言って出かけて行ったんだが、殺されてしまったというわけでして、へい」

「すると、お栄さんを吾妻橋から尾けていって、菊屋橋で手込めにしようとして襲ったという話は、違うんでしょうか」

「さあ、お奉行所も調べた上での話でしょうし、今となっては……、先生よ、正直あっしは、もうこの話には関わりたくねえんですよ」

矢市はそこまで話すと、そっぽを向いて口を噤んだ。

「猫八さん……」

千鶴は猫八に頷いた。

「まっ、先生の疑問が一つでもなくなればと思ったんですが、矢市、もういいぞ。帰れ」

猫八は、矢市を追い立てるようにして立ち上がった。

「いずれにしても先生、お栄は牢死していますからね。それに刑も決まっていた。いまさらほじくり返しても、どうにもならねえとあっしは思いますよ」

そう言うと、猫八は苦笑して出て行った。

「千鶴殿」

猫八が出て行くのを待っていたかのように求馬が言った。

「俺が口を出すことではないが、猫八からあらかた聞いた話で言うのだが、千鶴殿が見極めようとしている今度のことには無理があるのではないかな。まず一つには、お栄が殴って殺したのではないという無実を証明する確たる証拠がない。二つには、先程の矢市の話だが、本当に三国屋に昔そんな過去があったのかどうか、これも裏づける証拠がない。いずれの場合も、銀六が死んだことで真実は闇の中だ。もっとも、肝心の三国屋が腹を割ってしゃべってくれればいうことはないのだが、そんな馬鹿な話に乗って、せっかく手に入れた三国屋の主という座を手放す筈はない。千鶴殿がお栄という女に肩入れしたい気持ちは分かるが、もう諦めたほうがいいのではないかな」

「でも……」

千鶴は、求馬の言葉を遮った。

「千鶴殿、俺はな、お栄という女も、三国屋という男も知らぬから言えるのかもしれぬが、千鶴殿は医者だ。いろいろ詮索することで怪我でもしてはつまらぬだろう」

「余計なことだと、わたくしのやっていることはそういうことだとおっしゃるのですね」

つい千鶴の口調も、挑戦的になる。

「そうは言わぬがしかし、本当にお栄という女が、自分が無実で、その無実を訴えたいと思ったのならば、長いこと牢にいたのだ、その間に訴えられた話ではないのか。それをなぜしなかったのだ……お栄という女は、千鶴殿に、こたびのような詮索をしてほしいと願っていたのだろうかという気が俺にはするのだ」

「求馬様……」

「仮にお栄が自分の身を犠牲にして罪を被っていたのだとしても、お栄にはお栄の考えがあったのではないかと、俺は思うぞ」

「……」

「肝心なことは、こちらに引き取った赤子の行く末だ。世の中には捨て子はいくらでもいる。千鶴殿が拾ってきた子だと言えば、養子先に困るということもあるまい」

「……」

「俺も心当たりを当たってみようかと考えている。千鶴殿、なにもかも背負い込むことはやめろ。この先身が持たぬぞ……まっ、俺が言いたいことはそれだけだ」

求馬は言うだけ言うと、じゃあっと言うように、手をひょいと上げて帰って行った。

――わたくしの行いが、お栄さんの望みではない……。

千鶴は求馬の言葉が心に残った。

勢い感情に任せてつっ走って来た自分を振り返った。

若い身空で立派な先生だとまわりから言われて、自分の行いに一分の疑いも持つことなく過ごして来た千鶴には、求馬の言葉は心の奥に突き刺さった。

千鶴は調合室に入ると、あのお栄の蠟燭を取り出して、両手に持った。

お栄の絵は、筆遣いも彩色も、どこまでも優しかった。

大理石のような蠟燭の白い肌と、優しげに咲く花の数々は、どちらが主で、どちらが従というのではなかった。

お互いがお互いを支えていて、全体として美しい調和を保っているように思えてきた。

「お栄さん……」

千鶴は、ふっと顔を上げた。

千鶴の胸で、何かがことりと落ちたような、そんな気がした。

五

夕暮れの治療院は、静寂の中にある。

潮が引くように患者の姿がいなくなると、屋敷には女が三人残るだけ、いずれも独り身で夕食が終わると、それぞれ部屋に引き上げて行く。

お竹はこのところ赤子のおふくを自分の部屋で寝かしつけていて、それまで精をだしていた人形づくりは中断している。

お道は、自室に引き上げると医書を読んでいるというが、時には黄表紙を広げて楽しんでいるらしい。

そして千鶴は、父が残してくれたたくさんの医書の整理や、父の代からの患者の病歴とその経過を、ひとつひとつ分類している。

むろん、医学書を開く時間もいるわけだから、結構な忙しさである。

この日も夕食が終わると、千鶴は部屋に引き上げてきて、医書のひとつを見台に載せたものの、昼過ぎに現れた亀之助の言葉が頭から離れなかった。

亀之助は治療室に入ってくるなり、

「先生、いろいろと手を尽くしてみましたが、なにしろ去年の夏のことです。証拠の品などというものは残ってはいませんでした。ですが、吟味した時の記録によれば、菊屋橋下の河岸にはお栄が銀六を打ったという二寸角の角材が転がっていたようですし、銀六の眉間は割られていたということですから、お栄の供述は間違いないとして決裁されていました」

「実はあの事件は、雨上がりに起きています。たとえば凶器になった角材に銀六の血がついていたとか、お栄さんの泥のついた手の握り跡があったとか……」

「千鶴先生、面白いことを考えますね」

「だって、子供の手の大きさと大人の手の大きさは違います。また、男の手と女の手は違いますし、もっと言うと人によって大きさは違います。もしも、雨上がりで河岸の泥がお栄さんの手についていて、その手で角材を握っていたとしたら、お栄さんの手の形が残っていたのではないかと考えたのです」

「なるほど、長崎帰りのお医者の言うことは違いますね。いや、感心している場合ではありませんが……しかし先生のその着眼も、もはや遅きに失する感が致しますな」

「そうですね」

千鶴はもはや苦笑するしかない心境であった。

亀之助は、それを慰めるように言った。

「いずれにしても、本人が出頭していますから、裏づけの調べはしていないようです。しかも銀六は、お栄を手込めにしようとして打たれて殺された。本来は罰せられるべきは銀六の方にあるのですから、吟味はお栄の話を鵜呑みにした形で行われたようです」

「分かりました。いろいろとお手数をとっていただいて」

「なに、力になれなくてすまぬ」

亀之助は膝を起こした。だがその膝をそのままにして、千鶴に言った。

「鍵は三国屋ですね。三国屋が全てを知っている……」

亀之助の言う通りだと千鶴も思った。

その三国屋から今晩四ツ頃、治療院を訪ねてくると連絡があったのである。

さまざま思いを巡らせているうちに、まもなく四ツ、千鶴は自室を出て治療室に入った。

お竹がすでに行灯に灯を入れていたが、千鶴は調合室から燭台を運んで来ると、お栄の形見の蠟燭に火をともして、行灯の灯を吹き消した。

「三国屋さんがおみえでございます」

まもなくお竹の声がして、三国屋が入って来た。

「あっ……」

三国屋は、蠟燭を見て声を上げた。

だがすぐに、蠟燭から目を逸《そ》らして、商人らしく腰を折った。

「三国屋喜兵衛です。本日旅先から帰って参りましたが、何か、特別の蠟燭をお望みとか……」

「どうぞ、こちらに……」

千鶴は、三国屋を蠟燭の側に呼び寄せた。

「三国屋さん、わたくしは、いまだかつて、このような美しい蠟燭を見たことはありませんでした。この蠟燭に覚えがございますね」

千鶴は、揺れる炎の向こうに、三国屋をとらえて言った。

「はい、私にとっても、忘れ難い蠟燭でございます」

「では、この蠟燭の絵を書いたお栄さんのことも覚えていらっしゃいますか」

「もちろんです」

「よかった……もう、お栄さんのことはお忘れかと思っていました」

「先生、先生は何をおっしゃりたくて、この私をここに……」

「伝えたいことがあったのです。お栄さんの最期を見届けた医者として、三国屋さんにお尋ねしたいことがあったのです」

きっと見た。

「お栄の最期……すると、お栄は死んだのですか」

三国屋は驚愕して千鶴を見た。

千鶴が静かに頷くと、がっくりと肩を落として両手をついた。

三国屋の肩は震えていた。泣いているようだった。

「わたくしは、お栄さんの死を告げた時、あなたがどんな反応をなさるのか、無視なさるのかそうでないのか、それを知りたかったのでございます」

「先生、お栄はなんの病で死んだのでしょうか。やはり、牢暮らしが堪えて」

「三国屋さん。お栄さんは産後の肥立ちが悪くて死んだのですよ」

「産後の肥立ち……するとお栄は赤子を産んだのですか」

「はい。身ごもっていなければ、いいえ、産後の肥立ちが順調なら、お裁きも中追放と決まったところでしたから、元気に牢を出て、人生をやりなおせたと思いますよ」

「すると……赤子はどうしているのでしょうか」

三国屋はこみあげてくるものを、必死で抑えているようだった。

だがその深い消沈振りは、お栄と深い関わりがあったと証明しているに等しく、千鶴はひとつの確信を得たのだった。

「赤子はこちらでひきとっています」

「こちら様で……」

「養子先が決まるまでのことですが、赤子の行く末を案じて死んでいったお栄さんの気持ち、同じ女としてわたくしは放っておけなくて……」

「……」

「赤ちゃんの名はおふくちゃんというのですよ」

「おふく……ちゃん」

「幸せに、福をたくさん貰うようにと、お栄さんがつけたようです」

「……」

「三国屋さん、ここだけの話だと思って聞いて下さい。この蠟燭はお栄さんの形見、赤ちゃんへの形見ですが、あえて灯しました。ここに燃えている炎は、お栄さんの心だと……お栄さんがここにいるものだと思って、わたくしに教えてください。正直に話して下さい。あなたとお栄さんとは、浅からぬ仲だったのではありませんか」

千鶴に促されて、しばらく、ほんのしばらく三国屋は迷っている様子だったが、やがて決心したように千鶴を見た。

「おっしゃる通りです。私は、お栄を女房にしたいと思っていました。二人が力を合わせればいい商品ができる、楽しい家庭がつくれるに違いないと……ですから、お栄が牢を出て来るのを待っていたのです」

「すると、おふくちゃんは、あなたのお子ですね」

三国屋はこくりと頷いた。そして言った。

「お栄が産んだ赤子は私が引き取ります。私の娘としてきっと立派に育てます。今なら、三国屋の主となった今なら、誰がどう言おうと自分の意思を貫くことができるのですから……おふくを私にお渡し下さい」

三国屋は赤い目をして千鶴を見詰めた。

「そういうことなら、おふくちゃんもどんなに幸せか、ただ、ひとつ、はっきりさせて頂きたいことがあります」

「なんでしょうか」

「事件のことです。そこまでお栄さんに愛情を持っていた方が、どうしてご自身が表に立って、お栄さんの罪を軽くしてやろうという行動に出なかったのでしょうか。あなた様は、あの現場にいたというではありませんか」

「先生……」

三国屋は絶句した。

「事件は決着をみています。今更どうなるものでもございませんが、でもわたくしは、お栄さんの最期を見届けた者として、命をかけてお栄さんが守り抜いたものはなんだったのか、お栄さんのあの健気《けなげ》な一生を見届けた者として、あなた様にお聞きしたいのでございます」

「……」

「おふくちゃんのお父さんならなおさら……命に誓って、他言は致しませんよ」

「先生……分かりました、お話しします。私も先生にお話しすることで、少しは気持ちも楽になります。また、お栄への供養《くよう》にもなると存じますので……」

三国屋はそう言うと、膝を直して、

「ずいぶんと昔の話からしなければなりませんが……わたしは会津の田舎町のあるお寺に捨てられていたのです」

大きく溜め息をつくと、蠟燭の火を見詰めて語り出した。

寺の名は徳心寺といい、檀家《だんか》の少ない小さな寺だった。

捨てられていたのは三歳ぐらいだったというが、与茂助の記憶にその時の様子が残っている筈がない。

与茂助という名も住職がつけてくれた名と聞いているが、住職には大黒《だいこく》との間に、同じ年頃の男の子が一人いた。

住職は与茂助を立派な坊さんにしてやろうと言ってくれたが、寺の跡を狙っているのではないかと疑った大黒の妬心《としん》のために、与茂助は徹底して苛められた。

お経を読ませてもらえるどころか、掃除に洗濯に草むしり、そしてもっとも子供にとって重労働だったのは、蠟づくりだった。

檀家が少なくて収入の少なかった住職は、寺男と与茂助に蠟の精製を命じたのである。

蠟は櫨の木からとるものと漆の木からとるものとがあるが、会津の場合は漆の木の実をとって蠟としたのである。

秋になって漆の木の葉が落ちると実を集め、臼《うす》で搗《つ》いて粉にし、それを蒸して搾木《しめぎ》に入れて搾り、この汁を小鉢に入れて固めるのだが、全て重労働である。

与茂助は物心ついた時から、この厳しい仕事をさせられていた。

しかも、食事は雑穀の雑炊で、町に饅頭を買いにやらされるが、それは大黒の息子の饅頭で、一度だって与茂助が貰ったことはなかった。

ある日のこと、寺の賽銭を与茂助が盗んだとして大黒に責められた時、与茂助は家出を決意した。

賽銭を盗んだのは大黒の息子だった。与茂助はそれを見ている。

――こんな所で一生暮らすことはできない。

与茂助はこの時十五歳、徳心寺で暮らしていたら、いつか大黒に害意をもった振舞いに及びそうな自分が恐かったのだ。

江戸に行こう。江戸に行って一旗あげよう。

まるで不浪者のような身なりをして寺を出た与茂助だったが、望みは大きかった。

国を出てすぐに、銀六という男と一緒に旅をすることになった。

銀六は放蕩がすぎて勘当されたのだと言っていた。

二人はともに金がなかったが、銀六は宿場の賭場で金をつくって来る。

だが、博打などしたことのない与茂助は、空腹に負けて、ある日旅籠に忍び込んで、風呂に入っている旅人の懐中から一両を盗み取った。

旅人は商人で、懐中の中には十両はあったと思うが、そのうちの一両を拝借したのである。

「おめえもやるじゃねえか」

その時、銀六は褒めてくれたのである。

二人は江戸に入ると、両国橋で別れを告げた。

与茂助はまっとうな道を歩んで身代を築きたいと考えていたし、銀六は最初からやくざな暮らしを望んでいた。

それから十年、与茂助は三国屋の小僧扱いから奉公をはじめ、手代の一人になった時、先代三国屋に呼ばれて、養子にならないかと話を持ちかけられた。

夢のような話だった。

資金をためて店を持つには、まだ十年以上の歳月が必要かと考えていた時である。

だが突然、三国屋の遠縁から待ったがかかり、与茂助はその遠縁の者たちを納得させる蠟燭をつくることを要求されたのである。

蠟をつくることにおいては、誰にも引けはとらないと自負していた与茂助だが、皆をあっといわせる蠟燭をつくるために、かねがねお栄の絵心に関心をよせていた与茂助は、お栄に自分のおいたちの全てを明かして、力を貸してくれるよう頼んだのであった。

毎夜、人の寝静まった三国屋の仕事場で、新しい蠟燭を試行錯誤する与茂助とお栄が、男女の仲になったのは、自然のなりゆきだったのかもしれない。

お栄は言った。

「与茂助さんの夢は私の夢です」

お栄も貧乏な家から奉公にきていた。

それだけに、与茂助の昔話には心を動かされたようだった。

しかし、新しい蠟燭もできてさあこれからという時に、食いっぱぐれた銀六が現れたのである。

二度ほど小銭をやっておっぱらったが、今度は昔の盗みを先代にばらすと言ってきた。

与茂助は決着をつけるために菊屋橋に呼び出したのである。

話がつかず、もみ合っているところに、実家に帰っていたお栄が通りかかった。

お栄は河岸に走り下りて来ると、組み伏せられていた与茂助を助けようとして、銀六の襟をつかんで引っ張ったのである。

「野郎……」

銀六は、今度はお栄をつかんだ。

すぐさま懐から匕首を引き抜くと、

「この女は人質だ。返してほしかったら金を持ってこい」

与茂助に凄んでみせた。

刹那、お栄が銀六の手首に噛みついて離れた時、与茂助は思わず銀六目がけて、角材を降り下ろしていた。

角材は銀六の肩をかすめたが、飛びのいた銀六は石ころに蹴躓いて、積み上げてあった材木の角に倒れ込み、そのまま動かなくなった。

近づいてみると、眉間を割った銀六が、ずるずると足元に落ちた。銀六は死んでいた。

三国屋はそこまで話をすると、大きく溜め息をついた。息は震えていた。

「それが真実です。私は自首するつもりでした。でも、お栄に説得されて……ここまで辛抱した苦労はどうするのだと……私が手込めにされたといえば罪は軽くて済む筈だと……与茂助さんが表に出れば昔の話をしなければならない、あなたと私の夢を実現させてほしいと言ったのです。でも、私はずっと苦しんできました。お役人に本当のことを話せば良かったと……お栄……すまない」

三国屋は蠟燭の前で肩を震わせた。

蠟燭の火が一瞬、輝いたように千鶴には見えた。

――いいのよ、与茂助さん……。

お栄の声が聞こえてくるようだった。


「まるでお嫁入りのようでございますこと」

お竹は、駕籠を従えておふくを迎えにやって来た三国屋喜兵衛を見て言った。

おふくの見送りには千鶴はもとより、お道も、おとみまでも顔を揃えていた。

三国屋は感きわまった表情で、お竹からおふくを受け取り、しっかりと抱き留めた。

眠っていたおふくが、ぐずりかけた。

「おふく……よしよし」

慣れない手つきで、大慌てで三国屋がおふくを揺らすと、おふくはぴたりとぐずるのを止めた。

「分かっているのね、おふくちゃん……よかったわね、おとっつあんでちゅよ、こんにちは……」

千鶴がおふくの顔を覗いて言った。おふくはすやすやと眠っていた。

千鶴はくすりと笑って三国屋に顔を向けたが、息を呑んだ。

三国屋の双眸が、膨れ上がった涙で揺れていたのである。

「お気をつけて……」

千鶴は、手にあったお栄の形見の蠟燭を、三国屋の手に渡した。

三国屋はおふくを抱いている手に、蠟燭もしっかりと握り締めると、駕籠に乗り込んだ。

駕籠は静かに出立した。

ゆっくりと、朝の光を浴びて去っていく。

「おふくちゃん、幸せにね」

お道が大きな声で呼びかけた。

「オ、ギャー……」

おふくの泣き声だった。

お道は千鶴の顔を見て、口に手を当てて肩を竦めた。

苦笑して見送る千鶴の耳に、

「よしよし……よしよし」

初々《ういうい》しい父親の声が聞こえてきた。

第三話　春落葉

一

「千鶴先生、あれ、なんでしょうか」

お道は、新《あたら》し橋の中程でふと立ち止まると、西側の欄干に走りよって河岸を覗いた。

「先生」

お道はすぐに振り返って千鶴を呼んだ。

先程まで東の空にかかっていた東雲《しののめ》がようやく切れて、ほのぼのと初春の光が差し始めた頃である。

千鶴はお道を伴って、昨夜から下谷のさる武家屋敷に赴いて、老婆の最期を見届けての帰りであった。

夜通し刻一刻と死に近づいていく老婆の病状につき添って看病していたから、一睡もしていなかった。

「お道ちゃん……」

いい加減にしなさいと咎めるように言いながらも、千鶴も欄干に近づいて、お道が指す下方を見た。

土手を数人の町人の男たちが、わらわらと駆け下りて行くのが見え、その先に、河岸に打った杭の前で誰かが縛られて転がっているのが見えた。丸裸の男のようだった。

「お道ちゃん」

千鶴はお道を促して、いそいで橋の南袂に走ると、そこから柳原土手に下り、河岸へ走った。

夜露を含んだ柔らかい草が、足元にまつわりついて、瞬く間に足が濡れていくのが分かった。

「あーっ」

お道が、後ろで濡れた草を踏んで転んだ。

「大丈夫?」

振り向いたものの、千鶴はすぐに前を向いて走っていく。

「先生ったら……」

お道はおいてきぼりにされながらも、そこはそれ、好奇心まるだしで、何度もずるずる滑りながら、

「待って……先生待って……」

千鶴の後を追っかけて行く。

「どうしました」

千鶴は数人の男が囲んでいる人の輪の中に飛び込んだ。

「うう……うう……」

だが、輪の中で呻き声を上げる男を見て仰天した。

「きゃー」

後ろでお道が叫び声を上げて、両目を両掌でふさいでしゃがみ込んだ。

それもその筈である。

下帯が腰に巻きついてはいたが、もがいているうちにずれたようで、男の股間は剝き出しになっていた。

しかも両手は後ろ手に縛られて杭に繋がれ、両目と口は青鈍色の粘着物がべったり張りつけられていて、辺りを見ることも、しゃべることもかなわない状態で、かろうじて息をするための鼻だけは無事だという有様、集まった職人風の男たちや、奉公先に向かおうとしていたお店者《たな》らしき見物人たちも解き放ってやるでもなくただ唖然と取り巻いて見守っている。

それどころか、指差して冷ややかな目で笑っていた。

まるで〝イモ虫〟が蠢《うごめ》いているようだった。みるも哀れな格好である。

「お道ちゃん、番屋に知らせてきて下さい」

千鶴はお道に叫んで、裸の男には、

「待ちなさい。今、縄を切ってあげます」

千鶴は、帯に挟んでいた懐刀を抜きとると、男の腕をしばっている荒縄を切った。

どたりと裸の男は前に倒れた。あわてて下帯を直すその姿に、

「ひゃ、ひゃ、ひゃ」

どっと笑いが起きる。

「皆さん、この人の着物を探して下さい。近くにあるかもしれません」

千鶴は振り仰いで、腹を抱えて笑っている男たちに言った。

「先生、ほっときゃいいんだ。どうせこの男は悪いことをして、懲らしめに繋がれてたんだぜ」

がやがや言いながらも、男たちは宝物でも探すように、てんでに付近を探し始めた。女医者に言われては、断れないといった体か……。

千鶴はその間に、袂から手巾《しゅきん》を出して、

「じっとしていなさい」

裸の男の顔に張りついているねばねばした物を取ろうとしたが、口のあたりはなんとか少しは取れたものの、目の辺りは眉や睫《まつげ》にへばりついていて、ひっぱると体を捩って痛がるから手のつけようがない。

「しょうがないわね。番屋までこのまま行きましょ。いいですね」

裸の男に念を押すと、

「うう……うう」

男は泣いているようだった。

「あった……これじゃねえか」

職人の一人が、近くの草むらから、すっかり夜露に濡れた中間の腰切り半纏をつかんで来た。

「中間じゃねえか、どこの中間だ？」

野次馬の男たちは半纏を広げて、背中にある紋を見る。

紋は、入れ子菱だった。

「どこの家中だ……この紋は……みっともねえ話だぜ。こんな家来を抱えている殿様の顔が見てえもんだ」

半纏を持っていた男が、裸の男の背中に投げ捨てるようにかけた。

相手が裸で目隠し状態だから、やりたい放題言いたい放題である。

「とにかく番屋に行きましょ、立てますね」

千鶴が中間の腕を引っ張ると、見物していた男たちもさすがに知らぬ顔ではいられないと思ったのか、てんでに中間の男を引っ張り上げた。

その時である。

「退《の》け退け……」

土手を駆け下りて来た者がいる。

「千鶴先生、どうしました。丁度そこでお道ちゃんに会ったんだが……」

岡っ引の、猫八こと、猫目の甚八だった。

猫八は、ひょいと千鶴の後ろで立ち上がったものの目が見えず、両手を広げて手を泳がせている、不様な裸の中間を見た。

「なんだ、こりゃあ」

「いいところに来て下さって……猫八さん、手を貸して下さいな」

千鶴が頼む。

「先生の頼みとあっちゃあ、放っておくわけにゃあいきませんが、それにしても、まったく人騒がせな……」

猫八は、苦々しい顔で中間を睨んで言った。

「先生、あの中間ですがね。どこの家中の者だったか……」

「すみません、浦島様、今しばらくお待ち下さいませ」

千鶴は、治療室にいそいそと現れた亀之助が、得意満面に報告を始めたのを遮った。

出鼻をくじかれた亀之助だが、千鶴ににこっと笑みを送られると、嬉しそうな顔をして縁側に出て、庭で薬草を干しているお竹に、

「手伝おうか」

などと役にもたたぬお愛想を言い、お竹に断られると今度はおとみ婆さんが腰をあたためている側により、うとうとし始めている顔を見せ物の動物でも見入るように眺めていたが、

「旦那、あたしに懸想《けそう》したって無駄だよ」

片目を開けたおとみに言われて、ぎょっとして苦笑する。

千鶴は、そんな亀之助を目の端に置きながらも、てきぱきともう一人の患者の手当てを怠らない。伝吉という近くの職人である。

「伝吉さん、もう大丈夫でしょう。でも、今後は木に登る時には気をつけて下さい。歳が歳ですから足の骨を折るだけではすみませんよ……はい、それじゃあ、少し動かしてみて下さい」

千鶴は、伝吉の足に固定していた添え木を外すと、伝吉に治療をしてきた右足を動かしてみろと促した。

伝吉は植木の職人だった。仕事中に足を踏み外して落下し、骨を折っていた。だれよりも今日という日を待ち望んでいた。

「先生……」

自在に足を動かした伝吉は、その顔に輝くような笑顔を見せて、

「もうすっかり大丈夫のようです。ありがとうございました」

何度も足首をくりっくりっと回して礼を述べた。

亀之助は、これで千鶴と話が出来ると口を開けたが、声を出すより早く、伝吉が思い出したように言った。

「先生、木からおっこちたのも、霞んで見える目のせいじゃねえかと思いやしてね、薬屋で『神授清霊膏』とかいう薬を買ってきたんですが、先生、それが効かなかったら、一度診て頂けませんか」

「一番いけないのは、汚い手で軟膏を塗りつけたり、汚れた水を使って溶いた目薬で目を洗ったりすることです。一度ね、診てみましょう。年のせいで見えにくくなっているのかもしれませんからね」

「へい、先生にそう言っていただくと、ほっとします」

伝吉はようやく腰を上げた。

千鶴は、父の代からの漢方医と、自身が会得した蘭方医の知識がある。この時代の医者の多くがそうであるように、本道が専門と言い、あるいは外科が専門といい、あるいは産科が専門だといっても、いずれの医者も患者から頼まれれば、どんな病でも面倒を見る。

とくに目を患う者は多いのだが、特効薬はない。

伝吉が買い求めた薬は、近頃流行の練り薬であるが、水で溶いて目を洗ったり、目の縁に塗ったりする薬で、そこひ、風がん、血目、やみ目、ただれ目、かすみ目など、なんにでも効くとされる薬であった。他の目薬もそうだが、水や唾で溶いて使用するようになっていて、千鶴はその使用法には疑問をもっていた。

長崎では小刀で傷口を切り開く時、その小刀は煮沸して使った。滅菌消毒のためなのだが、そういった処置を見てきている千鶴には、目薬といわれる生薬の効用もむろんだが、その処方の仕方では目にいっそう悪いのではないかと考えていた。

千鶴は目には蒸留水を使っていた。

千鶴は伝吉を送り出すと、

「浦島様、お待たせしました。もう患者さんもお道ちゃんの手で間に合いますから、どうぞさっきの続きを聞かせて下さい」

手持ちぶさたで、部屋の中をうろうろしていた亀之助を呼んだ。

亀之助は、すっとんで来て、千鶴の前に腰を下ろすと、

「あの裸に剝かれていた中間ですがね、名は源蔵で、肥前国有村藩五万石の者でした」

「肥前というと九州ですね」

「そうです。私もあの日、猫八から連絡を受けて番屋に走って、いろいろと尋ねたのですが、なぜこんな目に遭ったのか訳がわからないと言うのですよ。昨晩両国でしたたかに飲んで、あそこまでふらふら歩いて来て、橋を渡ろうとしたところを、背中に匕首をつきつけられて河岸に連れていかれたようです。すぐに衣服をはぎとられ両腕を後ろ手にしばられて杭にくくりつけられた。それで恐ろしくてわめいたらしいのですが、何より怖かったのは両目と口を、塞がれた時だったと言っていました」

「あれは……あのねばねばしたものは、なんでしたか？……分かりましたか」

「ええそれはすぐに。ゆるりゆるりと番屋の者が熱い湯に浸した布であのねばねばを拭きとってやったのですが、番屋の誰だったか、これは『もち』だといったのですよ」

「もち……」

「鳥もちのことです。鳥をとる時に使う……」

「ああ……」

それなら、聞いたことがあると思った。

千鶴の頭に浮かんだのは両国橋の西詰めで、覗きからくりと並んで小鳥に芸をさせている髪の真っ白い痩せた初老の男だった。

一見年老いて見えたが、肌は黒く、目の鋭い人だった。

その小鳥の芸というのが面白くて、千鶴は思わず立ち止まって見ていたのだが、その爺さんにどうやって鳥をつかまえるのかと誰か見物人が聞いたところ、鳥もちというものをつかって取るのだと言ったのである。

初老の男の小鳥はたいへん賢く見えた。

小鳥は見せ物用の小さな白木の神社の止まり木に足をつながれていて、爺さんが合図をすると、社の前の賽銭箱まで飛び、上から垂れている鈴の紐を嘴《くちばし》にくわえて引っ張るのである。

すると、ちりりと可愛い鈴の音がする。

小鳥はそれで、神社の前につくってある赤い鳥居まで戻って来る。

この時、じいさんは「えらいぞぴー助」などと言いながら、小鳥に餌を一つあげるのだった。

なにより千鶴が惹かれたのは、小鳥に芸をさせる時の、優しい爺さんの笑顔だった。

「それでですね……」

亀之助は、ほんの瞬きの間だが、爺さんを思い出しているらしい千鶴に念を押すように声をかけた。

「源蔵を襲った男ですが、源蔵を丸裸同然にして立ち去る時に、こう言ったそうです。これで少しは思い知ったか……と」

「これで少しは思い知ったか？」

「はい……」

「じゃあ、昔何かあったのですね、きっと。中間とその賊の間には」

「私もそう思いましたね。巾着の銭も盗られてはいませんでしたからね。ただ、本人に思い当たる節がまったくないと言うのですから、なんとも奇怪な話ですよ」

「……」

「それで私も、尚詳しくあの者の昔を聞こうとしているところに、有村藩の御留守居役、須崎源之丞の使いだと名乗る若党が三人やってきて、有無をいわさず、あの者を連れ帰りました。まったく、こっちにあれほど迷惑をかけておきながら、今度のことはこちらで調べる。以後、関わって頂く必要はない……ですからね」

「御留守居役の名でわざわざ……」

「はい。せっかく手柄の一つもたてて、浦島ここに有りと言いたいところだったのですが……」

「まっ、そういうことなら仕方ありませんね」

千鶴はそう言ったものの、亀之助の話だけでは、どうにも納得できなかった。

あれだけ大量の鳥もちを使うとなると、前もって用意して、獲物である中間を襲う頃合をじっと待っていたに違いない。

手口からして行きずりではなく深い遺恨があってのことと思える。

いずれにしろ、町地で起こった事件であっても、藩邸に引き取られてしまっては、以後手の出しようがない。

藩邸の中は治外法権、町奉行所にはどうにもできない場所なのである。

「きっといつかはお手柄立てられますよ、浦島様」

千鶴は、すっかりしょぼくれている亀之助を励ました。

二

女三人の暮らしの楽しみは、衣装のしつらえや美味しい物を求めるのはむろんだが、春は桜、秋は紅葉と、四季折々の花や自然を愛《め》でるのもその一つ、桜の花も次の雨で終《しま》いになるなどとお道が言うものだから、門扉に休診の札をかけ、恒例の桜見に出かけることになったのは、柳原河岸で奇怪な事件があってから、五日も過ぎた頃だった。

桂治療院の屋敷の庭にも桜の木はあるが、花見に出かけるとなると何を着ていくか、出向いた先で何を食べるのかと、女三人はかしましい。

「かの俳諧《はいかい》師も、玉花勝覧と題して、小金井の桜を愛でています。小金井橋の桜は花先つづき、あたかも仙境に遊ぶがごとしと……先生、小金井橋の袂にある『柏屋』さんに一泊して、翌日は国分寺のお寺やお宮さんをまわるってのはいかがでしょうか。ねえ、たまには宜しいじゃありませんか」

お道は仕入れたばかりらしい知識を得意げに披露して千鶴にねだった。

「駄目ですよ。往診を明日に回していくのですから、一泊なんてとんでもない。小金井は府内から六里の距離、日帰りで十分です」

お竹が千鶴に代わってすげなくお道をやりこめた。

「だってお竹さん、花見はとくに暮れ時が素晴らしいって言うではありませんか。ぼんぼりが連なる桜道を歩きたいと思いませんか」

「お道ちゃん、そんな欲張りを言うのなら取り止めにしますよ」

千鶴のひとことでお道は頰を膨らませて黙ってしまった。

「普通の、女の人がやることは何もかも人並みに真似したい——そんなことでは、医者になる夢などかないません」

「先生、何もそこまでおっしゃらなくても……私はいつも忙しい千鶴先生のことを思って言っているんです」

「わたくしのことを……」

「はい。だって、病人ばっかりとご対面の毎日じゃあ、先生、いつまでたってもお相手は見つかりませんよ。お花見に行けば、どんな殿方に巡り合えるか分からないもの」

「それって、お道ちゃんのことでしょ」

千鶴が逆襲して、お竹が声を上げて笑った。

なんだかんだと言いながらも、さすがの千鶴も心が弾むのであった。

「帰りは駕籠をつかいましょう。ですから、朝は少し、ゆっくりと出かけますから……」

などと着る物も万端用意して、支度にかかったところに、

「千鶴先生、診察をお願いします」

駕籠をしたててやって来た者がいる。

通新石町で書物問屋を営んでいる『淡路屋』の主惣兵衛《そうべえ》だった。

淡路屋は唐書や蘭書や医学書も多く扱っている店で、千鶴も世話になっている本屋である。

駕籠まで仕立ててやってこられては、断れなかった。

「今年の桜のお花見はお流れですね。すぐに支度して」

千鶴はお道をせきたてて、治療室に入った。

「これは千鶴先生、本日はお出かけのご様子でございましたのに申し訳ありません。どうしても放っておけない人でございます。よろしくお願い致します」

淡路屋惣兵衛が、手代の松蔵と抱え込んで入って来た患者を見て、千鶴は驚いた。

患者はあの、鳥芸の爺さんだったのである。

「この人は宇吉《うきち》さんといいます。当年五十五歳、具合はずっと前から悪かったらしいのですが、昨夜からたいへんな痛みを伴うようで。本人はお医者に診てもらわなくてもいいなどと言うのですが、是非にも先生にお願いしたいと思いまして……」

「痛みはおなかですね」

腹を抱えて顔をしかめている宇吉に聞いた。

「へ、へい……申し訳……ありやせん」

宇吉はしゃべるのも辛いらしい。

「横になって下さい」

千鶴は、淡路屋の手も借りて、布団の上に宇吉を寝かした。

急いで着物の前を割って、痛がっている胃のあたりを触診する。

「お道ちゃん、すぐに痛み止め出して下さい」

お道に指図して、なお神妙に腹を探る。

宇吉の痩せた体には、不釣合なぐらいのしこりが生じていてそれを指先が捉えている。腹も腫れているようである。

宇吉の腹には施しようのない腫瘍が出来ていた。命にかかわる重い症状であることはたしかだった。

「大丈夫ですよ。この薬を飲んで、しばらくおやすみなさい」

千鶴はお道が運んで来た薬湯を急いで飲ませた。

それから目の色や、脈、皮膚の状態など丹念に触診しているうちに、宇吉の歪んでいた顔が穏やかになり、やすらかな息を吐いて眠りに入った。

お道につき添わせて、千鶴は淡路屋を待合室に誘った。

「淡路屋さん……」

千鶴が首を横に振ると、

「そうですか……やはり、そうでしたか」

淡路屋は暗い顔をして千鶴を見た。

「今日明日というわけではありませんが、そう長くはないでしょうね。効き目のよいお薬をさしあげますから、それを飲むように」

「お薬を飲めば、痛みは止むのですね」

「段々に痛み止めの薬を増やしますが、でもそれもやがて効かなくなるでしょうね」

「そうですか……それほどの病だったのですか……」

淡路屋は落胆の顔を見せて、

「私の女房が、宇吉さんにはお世話になっておりましてね」

と言う。

「お内儀の、お稲さんと知り合いなのですか。宇吉さんは両国で鳥芸をさせている人ですね」

「はい。その鳥が縁なのでございますよ」

「まあ……」

「お稲は血の道を患いまして、店におりましては気分がふさぐなどと申しまして、昨年の夏頃から葛飾の寮で暮らしているのですが、寮にはいろんな鳥がたくさん飛んで参ります。それが女房の何よりの慰めでして。ところが去年の秋に、ひょんなことから宇吉さんと知り合いました。宇吉さんにはいろいろと鳥のことについて教わることがございまして、それからというもの、女房は宇吉さん宇吉さんで……それで私もね、宇吉さんに私が持っている長屋にむりやり入ってもらっているような具合でして」

「そうですか、それで淡路屋さんじきじきに、ここに連れてきて下さったのですね」

「あんな才を持った人は滅多にいるもんじゃありません……宇吉さんは鳥と話が出来るんですよ」

「本当?……」

千鶴は驚いた。子供の頃、そんな場面をふっと夢見たことがあったような気がするのである。

「はい。この江戸広しといえども、鳥と話が出来るなんて、宇吉さんの他にはいないだろうと思いますよ。宇吉さんは西国からこの江戸まで、鳥の芸をしながらやってきたっていうのですから、鳥とのつき合いは半端じゃない」

「すると、ご家族の方は、西国にいらっしゃるのですか」

「そのようです。国には孫までいるそうです」

「そういうことなら、一刻も早く国元に帰って、家族と一緒に過ごすことをお勧めします」

千鶴は、医者としての顔に戻って告げた。

「それが……そうもいかないらしいんです。私も一度宇吉さんに言ったことがあるんです。体の調子が悪い、食がすすまないと聞きました時に、この江戸には居て貰いたいが、国に帰ったらどうなのかと……すると、人を探してここまでやってきたというではありませんか」

「でももう無理は出来ませんよ」

「いえ、その人は見つかったんです。念願かなったんですが」

「じゃあ問題ないではありませんか」

「ところがです。まだ目的は達してはいない。もう暫く江戸にいなくちゃならないなどと……」

「自分の体があんな状態なのに、何を考えているんでしょうか。命あっての物種というではありませんか」

医者としては、放ってはおけない話であった。

人に心配をかけ、自分から養生するのを放棄するような態度は、毎日大切な命と向き合っている千鶴には、納得できないし、憤りさえ湧いてくる。

「どんな事情があるのか知りませんが、もう一度故郷に帰るように勧めた方がよいとわたくしは思います」

「しかし私に出来ることは……」

淡路屋惣兵衛は、大きな溜め息を一つついて、

「宇吉さんの望む日々を、過ごさせてやることかと考えております。私にも女房

にも、詳しい話はしないのですが、心底に思い詰めたものがあるようですから……。梃《てこ》でも動かぬ固い思いが……」

「……」

千鶴は首を回して、治療室を窺った。

静かだった。

確かに人の気配は感じられるが、千鶴の心には、痛みに疲れて眠る弱々しい老人の息と、まだ確かに打ち続けている脈拍の音が聞こえていた。

あの老人は自分の命を賭けてまで何をしようとしているのかと、思案の顔を淡路屋に戻した時、耳朶《じだ》に鳥の声がかかった。

「チチチ……チチ」

治療院の庭に下りてきたものらしい。

千鶴は淡路屋を見た。

淡路屋惣兵衛も耳を澄ませて聞いていた。

名も知らぬ鳥の声だが、千鶴にはなんとなく、その鳥が眠りこけている宇吉を見舞いに来たように思えたのである。

淡路屋の葛飾の寮を千鶴が訪ねた時、内儀のお稲は、縁側で小鳥に水をやっていた。

寮の庭にはやり水がたえず流れていて、四季の草花が咲き、木々の深い緑や秋の紅葉も眺められるように造ってあるから、一見しただけでも結構な広さがあることが分かる。

淡路屋は本屋を営んではいるが、惣兵衛が本好きでそれでやっているようなもので、もともと府内のあちらこちらに土地を持っている地主である。

そんな家に嫁にきたお稲は、金の苦労はなくても気苦労はたいへんなものだったらしく、姑を送ってから気が抜けたようになって、足が痛い腰が痛いと言うようになったという。

店にいるのも辛い様子で、惣兵衛は女中のおふきと下男の与市をつけ、寮暮らしをさせているのだと聞いている。

「お久し振りでございます」

千鶴がにこにこして廊下を渡って行くと、

「あら、千鶴先生。いらっしゃいませ」

お稲は、ゆったりと構えて千鶴を迎えた。

「ずいぶんお顔の色も宜しいようですね。惣兵衛さんから、近くを通る時には、こちらに立ち寄って診察してほしいと頼まれましてね、それでお訪ねしたのです」

「ありがたいですわ、先生。千鶴先生なら安心ですもの。この近くにもお医者様はいらっしゃるのですが、脈もとらずに血の道だ血の道だって、なんでも血の道にしてしまいましてね。それで、つい先日診察はもうお断りしたんですよ。本当のことを言うと、男の先生にはお話ししにくいこともあるでしょ。主人から先生が来て下さる筈だと連絡を受けて、お待ちしていました」

「お医者はいらないように見えますよ」

「まあね、去年あたりから気持ちが塞いで塞いで、なんにもやる気が起きなくなっていましたが、腰や足の痛みはともかく、近頃気分がこんなに晴れやかになったのは、この小鳥のお陰なんですよ」

お稲は縁側に置いた鳥籠の傍らに千鶴を誘った。中には一羽の名も知らぬ小鳥が入っていた。

お稲が小鳥の籠を、ちょんちょんと叩くと、

「おは……よ……おはよ」

小鳥が言った。

「まあ……」

千鶴が目を見張ると、

「面白いでしょ、この小鳥……」

お稲がくすくす笑った。すると、

「ギャー」

と今度は恐ろしげな声で鳴く。するとまたお稲が、

「今のが本当の声……そうだよね、お前……」

小鳥に話しかける。

「なんていう鳥なんですか」

「懸巣《かけす》ですよ」

「かけす……聞いたことがありますが、これが懸巣なんですか」

千鶴がまじまじと、鳥籠を覗くと、

「おたまちゃん、お客様でしょ。ご挨拶は……」

お稲が懸巣に聞いた。

「おはよ……お、は、よ」

また。懸巣がしゃべった。

千鶴はころころ笑った。オウムという人真似上手な南蛮渡来の鳥は一度見たことがあったが、こんな小鳥が人の声を聞き分けるのを眼にするのは初めてだった。

「おたまちゃんて言うのね。おたまちゃん、かしこいのね」

千鶴が小鳥に話しかけると、

「おたまという名は、宇吉さんがつけてくれたんですよ」

とお稲は言う。

「宇吉さんが……」

「この鳥は宇吉さんがこの庭でとってくれたんですもの……」

「宇吉さんがこの鳥を?」

「ええ……とっても上手、あっという間に」

お稲は、まんまるい目をして見せた。

先年の秋のことだった。

お稲は寮に移ってきたものの、ずっと気持ちは晴れないし、何もする気になれなかった。

夫の惣兵衛には、これを機会に府内のあちこちを見物し、美味しい物を食べ、楽しむようにと言われていたが、外に出るのさえ億劫だった。

頃は秋だというのに、人と対面するだけで、どっと汗が出た。

鏡を覗けば、日に日に皺の数が増えていく。

長患いした姑の看病で、その時は気づいてなかった老いというものを、今はじめて確かめていると思った。

縁側に出て、呆然と庭を見詰める日々が続いた。

淡路屋の別荘の庭には、さまざまな鳥が飛んでくる。

その鳥の声を聞くのが、楽しみといえば楽しみだった。

無意識だが心の中に、幼い頃、兄と一緒に奥山に入り、鳥の声を聞いたことが、霧の中の出来事のように過ぎっていたのかもしれない。

ともかくその日も、朝食を済ませると座布団を縁側に敷き、静かに座ると耳を澄ませたが、昨日甲高い声で「ピイヨピイヨ」と鳴いていた声も「キョッキョッ、クワックワッ」という鳴き声も聞こえて来なかった。

かわりに「ギャー……ギャー」と、お世辞にも美声とはいえない声が、すぐそこの木の枝の中から聞こえてきた。

同時に、激しい羽ばたきが聞こえて来て、尋常ならざる状態にその鳥がいるのではとお稲は心配になった。

お稲はそっと庭に下りた。

そろりと近くの木の中を下から覗いてみるのだが、皆目分からない。

大きく溜め息をついたところに、

「怪我をしているのかもしれませんぜ」

庭に入って来たものがいる。

「それが、宇吉さんだったのです」

お稲は、楽しいことを思い出すような顔をして千鶴を見た。目が少女のように輝いている。

お稲は話を継いだ。

「まあ、かわいそう。だから、あんな苦しげな声を出しているのですか」

お稲が宇吉に尋ねると、宇吉は笑って、

「いえいえ、あの声はもともとの鳴き声です。懸巣という鳥です」

「かけす……放っておけば死ぬのではありませんか」

「そうかもしれません」

宇吉はそう言いながら、木の下から上を覗いた。

「やっぱり、あれじゃあ飛べねえ……」

「助けてやって下さい、お願いします」

「助けると言ったって、生け捕りにして、しばらく介抱してやらねば」

「介抱はわたしが致します」

お稲は真剣だった。なんだか傷ついた自分を見ているような気がしたのである。

「分かりやした。そういうことでしたら……」

宇吉はすぐに、庭の垣根をつくるために伐採して横倒しにしていた竹の小枝を手際良く払うと、先の細い部分の小枝三本ほどに、腰につけていた小さな革袋から『もち』というねばねばした物を取り出して、たっぷりとつけた。

そうして木の下から懸巣そっくりに鳴いてみせると、あっという間につかまえたのであった。

そうして宇吉は羽についた鳥もちを丹念に拭いとると、

「やっぱり、羽の、ほら、ここが折れてまさ。こりゃあ、命が助かっても飛べねえかもしれませんぜ」

「もしも飛べないようなら、わたくしが飼うことにします」

「そうですかい。それを聞いて安心しやした。おかみさん、この鳥は、結構おもしろい鳥ですから、楽しめますよ……」

宇吉はそう言うと、懸巣は他の鳥の鳴き真似や、人の言葉も覚えたりするのだと言い、それから度々寮に足を運んで来て、羽の傷口が癒えるのを見届けたり、言葉を覚えさせたりしたのだと言う。

「宇吉さんはお国では鳥刺しのお仕事をしていたようですから、だからお上手だったのね、鳥をとるのは……」

お稲は、思い出したように、ふふふと笑った。

「おかみさん、宇吉さんのお国ですが、肥前の有村藩とは言ってはいませんでしたか」

千鶴はすぐに聞き返した。

数日前、柳原河岸で、顔に鳥もちをなすりつけられて裸でしばられていた中間が有村藩の者だったことを思い出した。まさかとは思ったが、

「有村藩……そういえば、そんなことを……肥前になるのですか、有村というところは……」

とお稲は言う。

「ええ」

「じゃあ、きっとそうです。とにかく、代々鳥刺しをやっていたらしくて、年中、殿様の鷹の餌をとっていたというのですから。だから宇吉さんは鳥の言葉がわかるんですね。懸巣だけじゃないんですよ。もう、いろんな鳥……」

「ええ」

「ほんとに分かるんですよ」

夢中になって話すお稲に頷きながら、千鶴の胸にはひとつの不安が忍び寄っていた。

――有村藩の中間源蔵を縛りあげたのは、ひょっとして宇吉ではなかったのか……。

三

千鶴は夕闇の迫るのを待って家を出た。

往診はむろんのこと、治療院にやって来る患者も増えるばかりで、全くの私用で外に出るのは、患者が引いていった夕刻に限られる。

目指すは、通新石町の淡路屋の店の裏長屋、宇吉の家だった。

淡路屋のお稲から聞いた話がどうしても頭から離れず、千鶴はあれからお竹を数日両国にやり、宇吉が鳥芸の店を張っているかどうかを確かめさせている。

しかし、お竹が見たところ、ここ数日は店を出した気配はないということだった。

「まさか、病に伏せっているのではないでしょうね」

お竹の心配ももっともなこと、淡路屋からその後の治療も頼まれていた千鶴は、薬箱を片手に家を出た。

――あれだけの病を持っている老人が、あんな事件にかかわっている筈はない……。

そうは思うものの、腹さえ痛まなければ長年山野で鍛えた体の持ち主、千鶴が考えている以上に、俊敏に動く能力を備えているのかもしれない。

ともかく、手柄を欲しい浦島亀之助には相談できないと思った千鶴は、ふらりと治療院に現れた菊池求馬に鳥刺しとは一般に、どういう立場にある身分の者か聞いてみた。

「俺も詳しいことは知らぬが、鳥刺しとは御鷹匠の差配で鷹の餌をとる者だ。藩によってその身分には違いがある筈だが、おおかたは町人に請け負わせている。年間雀何羽というようにな。だから町人とはいえ、護身のための刀も持てるという」

求馬の話では、幕府御鷹部屋の鷹の場合、百羽近くいるようで、鷹一羽の一日の食事につき、雀の生餌が十羽近く必要らしいから、餌がなければ鷹はたちまち飢えるわけで、鳥刺しに帯刀などの特権を与えるのも頷けるというのであった。

そういえば宇吉の人相風体には、そういう大事なお役目に長年たずさわってきた者の自信や威厳といったものが窺えた。

千鶴の脳裏には、浅黄の野半纏を着て、股引脚絆に黒足袋草鞋《たびわらじ》で足を固め、腰刀を差した宇吉が、鳥刺しの竿を持ち、三尺帯の両端に鳥籠と鳥もちの袋をつけて、日焼けした顔で悠然と野に立つ姿が映るようである。

——その宇吉が、なぜに国を捨てて、この江戸にいるのだろうか。

千鶴には、疑問が次々に生まれている。

一介の、鳥好きの初老の男が、一転して謎のある人間に見えてくる。

はたして、千鶴が宇吉の長屋の路地に入った時、宇吉の家の障子が開いて、路地に灯の光がこぼれてきたと思ったら、宇吉が年若い町人を送り出してきた。

「じゃあ、宇吉さん」

路地に出て振り返った若い男に、

「儀一さん、少しだが足しにして下さい」

宇吉は素早く手につかんでいた物を、儀一と呼んだ若い男の掌に置いた。

「とっつあん、駄目だよ、これは頂けません」

儀一は押し戻した。だが宇吉は、もっと強い力で儀一の手を押し返し、

「これからも遠慮なく言って下さい。しがねえ大道芸人とはいえ、これが案外な稼ぎになるんですよ。年寄りには余分な金はいらねえんです。それより、儀一さんのお役にたつならあっしも嬉しい」

「とっつあん……」

儀一という男は切なそうな目で宇吉を見ると、

「すまない……恩にきる」

宇吉と固く握りあっていた手を離すと、路地の影を踏み、足早に長屋をさった。

見送る宇吉の顔は哀しみに染まっていた。

宇吉は、儀一の姿が木戸から消えたのを潮に、我にかえったように家の中に引

き返そうとして、ふっと近づく影に気づき、呟いた。

「これは千鶴先生……」

驚いたようだった。

「お体の具合はいかがですか」

「へい、先生のお陰で落ち着いておりやす」

「そう……もうお薬も切れる頃だと思いましてね」

「ありがとうございます。ですが先生、あっしはもう大丈夫でございます。こんな年寄りの体に、高い薬はもったいねえ」

「宇吉さん、病気を侮ってはいけません」

千鶴は押し入るように中に入った。

「先生……」

宇吉が追っかけるようにして入って来て、千鶴の前に回り込んで立った。

「淡路屋さんにも、これ以上迷惑をかけるのはつらいんでさ」

「お薬代のことなら心配いりません。淡路屋さんに施しを受けるのが嫌だと言うのなら、お薬代は頂きませんよ」

「先生……」

「わたくしは高いお薬代を頂きたくて医者になったのではございません。できるだけ多くの患者さんを診てあげたいのです。それだけです。お金持ちからは遠慮なく頂きますが、都合がつかない人は、都合がついた時でいいのです。年寄りは高い薬はいらないなどと、よくもまあそんなことを……ほんとうにそれでいいのですか？　宇吉さんには思うところがあるのではありませんか？　今はお薬で痛みも和らいでいますけど、お薬が切れると、またこの間のように痛みますよ。さあ……上がって下さい」

千鶴は宇吉の手を引っ張って上に上がると、

「胸あけて、お腹もね……横になって」

次々に命令する。

「さあ……」

胸を開けていた手を止めた宇吉を促して覗いた千鶴の目が止まった。

宇吉が泣いていた。

「宇吉さん……」

「すまねえなあ、先生」

千鶴は笑みを送って宇吉を寝かした。

灯火の下に、宇吉の肋骨が浮かび上がった。

千鶴は、行灯の側に、先程の客が飲んでいったと思われる湯のみ茶碗が置いてあるのをちらりと見て、

「お稲さんから聞きましたよ。宇吉さんはお国では鳥刺しのお仕事をしていたようですね」

宇吉の脈を取りながら千鶴が尋ねると、俄に宇吉の顔に動揺が走った。

千鶴は、土間に立てかけてある竹の竿を捕らえていた。

診察をしているすぐ側の板の間には、板の上に置いた平たい石の上に、あのねばねばした鳥もちが盃ぐらいの塊《かたまり》としてあったし、その横の水を張った盥《たらい》には、鼠色の木の皮が晒されていた。

千鶴は宇吉の腹のしこりを確かめると、着物をあわせてやり、

「これが鳥もちというものですね」

石の上にあるねばねばを指した。

「へい」

「この皮は？」

盥の中の木の皮を差す。

「それが鳥もちになるのですよ。橡《とち》の木の皮ですが、晒して石でたたきますと、いまここにあるもちが出来上がるのです」

宇吉は起き上がって襟を整えると、石の上のねばねばを指した。

「宇吉さんはこのお江戸でも鳥をとりに行っているのですか」

千鶴は部屋の奥に置いてある二つの鳥籠を見て言った。

一つの駕籠には大道で芸をするあの四十雀《しじゅうから》が飛び回っていたが、もう一つには千鶴の知らない鳥が、止まり木にじっとしがみついていた。羽を膨らませて、怯えているようにも見えた。

「日々の暮らしは鳥の芸でなんとかしのげますが、少し金がいることができまして。それで、めじろとか、やまがらとか、鶯とか、飼育するための鳥ばかりをとってます。言い訳になるんですが、これは鷹の餌じゃない、そういい聞かせて……」

「……」

「あっしは孫に言われたのでございますよ。鷹に生きたままの餌をやるために小鳥を取るなんて、爺ちゃんの仕事は残酷だって……」

宇吉は苦笑して見せた。

「それで鳥刺しの仕事をやめたんですか」

「へい。代々鳥刺しですから、あっしが隠居しても息子が継がなきゃならねえ。ゆくゆくは孫も継ぐだろう。ですがこの年になってもまだ殺生を続けるのは、あっしにも正直辛くなっていたのでございやす」

「……」

「それと、あっしには、ひとつ気がかりなことがあったものですから」

「聞いていますよ、淡路屋さんから……もしや、気がかりというのは先程の、儀一さんと呼んでいた人のことですか」

「お恥ずかしいところを見られちまったようで……」

宇吉の顔には、明らかに戸惑いが見えた。

「でも、せっかくやめた鳥刺しの仕事を、あの儀一さんのために、また、始めたんでしょう。余程の事情があってのことだと思いますが、宇吉さんの体が心配です。話していただけませんか」

宇吉は静かに瞬きをしながら一点を見詰めて聞いていたが、大きな溜め息をひとつつくと、決心したような顔を向けた。

「実は……あの儀一さんの父親は、『井筒屋』と申しまして、城下では一、二を争う呉服商を営んでおりました。あっしもたいへん世話になったことがありまして……女房が不治の病で伏せっていた時でした。頼まれていた鶯をもって訪ねました時に、女房の容体を聞かれまして、それであっしが、女房は桜を見て死にたいと言っているが、近頃では粥も喉を通らねえ有様で、別れは今日か明日かと待っているようなものだと話しましたところ、翌日井筒屋さんが朝鮮人参をお見舞いだと言い、持ってきてくれたんです……それでいっとき女房が元気になりましてね、諦めていた桜を見ることができたんです。女房と二人で見た最後のあの桜を、あっしは未だに忘れることができやせん。しかしその井筒屋さんが五年前に潰れ、国を出ていかれまして、それであっしは一家の消息を訪ねてとうとうこの江戸までやってきたのでございますよ。ところがその、恩ある井筒屋さんが亡くなり、息子さんの儀一さんがこの江戸で苦労をなさっているのを知りまして、儀一さんの生活が成り立つまでは、及ばずながら、あっしも手伝いたいと、そう思ったわけです」

「そうだったのですか……立ち入ったことをお聞きしますが、儀一さんという方は、何をやっているお人なんですか」

「あっしがようやく儀一さんを見つけたのは昨年の秋でございましたが、その時には間口九尺ではありましたが、小間物屋の店を持ったところでした。丁稚一人を置いていました。張り切っていたんですが、運悪く火事にあってなにもかも全部焼けてしまったんでございます。借金をして開いた店だったようでして、今はその借金に追われる毎日……儀一さんは日雇稼ぎをしているのでございます」

「……」

「あの、井筒屋さんの息子さんがと思いますと……」

宇吉は苦しげな声を上げた。

「そういうことでしたら、わたくしも儀一さんを雇ってくれるところはないか当たってみます。だから宇吉さんは無理しないで……」

千鶴は薬の袋を行灯の下に置くと立ち上がった。

「先生、また鳥もち事件ですよ」

千鶴が生薬屋から帰って来ると、門前で待ち構えていた浦島亀之助が手招きして、小さい声で言った。

「被害を受けたのは誰？」

きらりと千鶴は見返しながら、あの事件がこのまま終わりそうもない予感が的中した思いだった。

「深川の佐賀町で長唄師匠をしているおふさという女です」

亀之助は言い、千鶴の後を追いかけるようにして中に入って来た。

「お竹さん、お茶を小座敷にお願いします」

千鶴は台所に顔を出すと、お竹に茶の用意を言いつけて、玄関右脇の小座敷に入った。

「詳しく教えて下さい」

千鶴は亀之助と向かい合ってすわるなり聞いた。

「昨夕のことです。鳥もちをつかった賊に襲われたと聞きまして、深川に走りました。すると、おふさという滅法色気のある女が、定町廻りに涙ながらに訴えているところでした……」

おふさはやはり、目の周りに鳥もちを張りつけられていたようで、化粧を落とした目の周りは、鳥もちをそぎ落とすためにこすった跡がくっきりと残り、色白の顔を台なしにしていた。

おふさの動転ぶりは、斜めに座った膝が紅絹の下着と一緒に覗いているのを見ても察せられた。

おふさの説明によれば、親しい人が訪ねて来る日だったので、風呂屋に行き、帰ってきて化粧をしていると、いきなり後ろから目に何かを張りつけられて、びっくりしたところを後ろ手に縛り上げられた。

「た、たすけて……」

震える声で叫ぼうとするが声が出ない。

すると、後ろから賊が言った。

「おまえは生かしちゃおけないのだ。おまえを殺せば、少しは反省するだろう……」

男の声だったが、どんな特徴がある声なのか、はっきりとは覚えていない。

――殺される。

そのことだけで、頭が一杯だったのである。

男の手が前に伸びてきた時、おふさは咄嗟に叫んでいた。

「病に伏せっているおっかさんがいるんです。殺さないで！」

男はその声に怯んだ。

突き出していた手を突然ひっこめて、「ちっ……」と諦めたような舌打ちをひとつすると、おふさを突き放して庭の闇に飛び込んで逃げ去ったのであった。

「まあ、事件はそういうことなんですがね。いろいろ問い質《ただ》してみると、夕べおふさは、旦那を待っていたんですよ。おふさは囲い者だったんです」

「すると、賊はおふささんというよりも、おふささんの旦那に恨みがある人だってことかしら」

「ところがです……そのおふさの旦那っていうのは、誰だと思います？」

「……」

「おふさは口をつぐんで言わなかったのですが、今日になって有村藩の屋敷から苦情が来た」

「有村藩……また有村藩なのですか」

「そうなんです。しかもです、御留守居役の須崎源之丞が直々に言ってきた。前回のことといい、このたびのことといい町方の探索にぬかりがあるからだと……」

「まあ」

「中間がやられた時に、奉行所はしっかり探索して、二度とこのようなことが町中で起こらないようにすると言ったではないかと……」

「……」

「あの時、これは藩で賊の探索をするから、町方は構わないで貰いたいと言っていた人が、自分の妾が危なかったと知って、なりふり構わず怒鳴り込んできたんです。みんな啞然として聞いていましたがね」

「……」

「そのくせ、同じような事件が二度も起こるということは、藩かあるいは御留守居役に何か昔怨みの筋でもあったのではないか……その点を突かれると、心当たりはないの一点張りで」

まあ、犯人は鳥もちを使う男だということだけは分かりましたが、鳥もちを使う人間など五万といますから、こちらも頭を抱えているところだと亀之助は苦笑した。

武家のお屋敷、神社や御鷹場では小鳥といえども取ってはいけない。しかし、それ以外の場所なら小鳥は盛んにとられていてもちはてっとり早い道具であった。亀之助の苦労も頷けた。

千鶴は亀之助を送り出すと、薬研堀に向かった。

以前菊池求馬の屋敷が薬研堀の裏手にあると聞いていたからだった。

鳥もち事件が二度起きて、そのいずれもが有村藩にかかわる事件だと分かった今、藩に繋がる人物で、日常鳥もちを使っているのは知っている限り宇吉だけである。

その宇吉の存在を亀之助に知らせるのは容易なことだが、そうなれば宇吉はあの体で、奉行所の者たちに引っ張り回されることになる。

千鶴が考えるに、あの年寄りが深川まで行き、女とはいえ、若い女をあっという間に縛り上げるのは、少々無理ではないかと思ったのだ。

それに、御留守居役とは江戸にずっと詰めていてもっぱら藩の外交の窓口となっている役職で、つい最近になって肥前を出てきた宇吉との接点は、極めて薄いと考えられる。

とはいえ、もう一度鳥もち事件が起これば奉行所も黙ってはいられまい。威信をかけての探索となれば、両国橋の袂で鳥芸をしている宇吉にも、遠からず調べの手がまわることは必定、千鶴はそれを放っては置けなかった。手柄を立てたがっている亀之助に相談できないとなると、あとは求馬に相談するしかないと考えた。

千鶴は両国広小路から元柳橋を渡り、薬研堀を右手に見て武家地に入った。

あらかじめ頭の中に入れてきた菊池家の屋敷を探す。

菊池求馬の屋敷は、町地となっている埋め立て地を西に入ってすぐ、両開きの門構えがそれであった。

おとないを入れると、中年の下男が出てきた。

「菊池様にお会いしたいのですが。医師の桂千鶴と申します」

千鶴が挨拶をすると、下男は目を丸くして千鶴の頭のてっぺんから足の先まで眺めたが、やがて喜色を浮かべて、

「せっかくでございますが、ただいまお出かけでございまして……」

断りを言った。だがふと上げたその目が輝いて、

「だ、旦那さま、お客様です」

千鶴の後ろにむかって叫んだ。

「これは千鶴殿」

振り返ると求馬が立っていた。

求馬は苦笑して、

「左平、何をあわてているのだ」

「申し訳ありません。嬉しいのでございます。この家に、このように美しいお方がお訪ね下さるとは……」

「何を勘違いしておるのだ。この方は酔楽先生のお身内だ」

「ならばなおさら、お母上様もきっとお喜びなさいます」

「まったく……千鶴殿、薬研堀の側に美味い物を食わせる店がある。そちらで話を伺おう」

「お屋敷にお入りにならないのですか」

左平が不満そうな顔をしてみせたが、求馬はもう、すたすたと薬研堀に向かって歩き始めていた。

「お待ち下さい」

千鶴は、ぽかんと口を開けて見送る左平に気をかけながらも、小走りして求馬の後を追った。

四

「千鶴殿、やはりあの年寄りにできる犯行だとは、俺にはとても思えぬ」

数日後、千鶴の治療院にやってきた求馬は開口一番そう言った。

あの日、千鶴が求馬を訪ねた時、求馬は千鶴に代わって、宇吉の身辺を調べてやろうと約束してくれていたのである。

「お手数をおかけして」

「何、暇を持て余している。それに酔楽先生に時折俺のかわりにこちらを覗いてくれと頼まれてもいる、遠慮はいらぬ」

求馬はそう言うと、急に顔を曇らせて、

「ただ、千鶴殿から聞いていた儀一という男だが、その男の方がよほど怪しい」

「怪しいとは、たとえばどのようなことですか」

「あの男は今、木挽町《こびき》七丁目の裏店に住んでいて、毎朝決まった時刻に小間物を担いで商いに出るのだが、毎日必ず立ち寄る場所がある」

求馬はそう言うと、ちらっと厳しい視線を千鶴に投げて、

「愛宕《あたご》下の有村の藩邸前だ」

「求馬様……」

千鶴も緊張した顔で見返した。

「儀一が小間物の商いをするのは武家地ではない。大名屋敷が連なる一帯から東側の町地がほとんどだ。それなのに、必ず有村藩の屋敷前を通るのだ」

「……」

「あの爺さん一人では出来ぬことでも、二人なら出来る」

「……」

「もう一つ、儀一には女がいた。源助町の居酒屋『もみじ』で働くおるいという女子だが、このおるいに昨夕、儀一は所帯は持てないと引導を渡したようなのだ。おるいは失望してな、中条流の医者の門前をうろうろしたあげく、近くに日比谷稲荷があるのだが、そこで首をくくろうとした」

「まあ……懐妊していたんですね、可愛そうに……」

「たまたま俺はおるいを見張っていたからよかったものの、自分で命を絶とうとしたのだ」

「……」

「そういうことがあってな、そのおるいから儀一の昔を聞くことが出来た」

「本当ですか。わたくしも宇吉さんからあらかたの話は聞いたものの肝心のところが聞けず、なんとか儀一さんに近づけないものかと考えていたところでした」

「実に興味深い話であった」

「肥前の城下で呉服商を営んでいた井筒屋の息子さんだというのは、間違いありませんでしたか」

「間違いない。問題はなぜ井筒屋が闕所《けっしょ》になったかということだが、おるいが儀一から聞いた話ではこうだ」

求馬は、膝元にあった茶碗を取り上げると一息に飲み、話を継いだ。

五年前の春のことだった。

当時儀一は二十歳、下に年の離れた十三歳の弟直次郎《なおじろう》がいた。

二人は時折町外れにある川に魚釣りに行った。

少年の誰もがそうであるように、魚や鳥に興味があった。

その日も半日ほど糸を垂れて帰路についた。

夕刻までにはまだ間があったために、帰りは芽吹き始めた若緑の野や山に寄り道しながら歩いていたが、沼地の青く茅の葉の伸びた一画に叫びともとれる野鳥の声と、激しい羽音を聞いた。

分け入ってみると、黒い羽に赤銅色や黄色の斑紋があるけっこう大きな鳥がもがいていた。

「兄ちゃん、羽が折れてるぞ」

動物好きの直次郎は、走りよって、その鳥の側にしゃがみこんだ。

「直次郎、雄の雉《きじ》だ」

儀一も直次郎にならんでしゃがむと、鳥の目のまわりの皮膚が赤いことや、首の後ろにぴんと立っている二つの羽を見て言った。

井筒屋には父が懇意にしている鳥刺しが遊びに来ていて、その鳥刺しから兄弟はさまざまな鳥の特徴や習性を聞いていた。

「かわいそうだから連れてかえって介抱してやろうよ」

直次郎は言いながら、もうてぬぐいで包んで抱きかかえていた。

「しょうがない。まっ、元気になったらまたここに連れてきてやればいい」

儀一も相槌を打ち、二人はその沼地を出た。

ところが、そこで二人を待っていたのは、馬に跨がった御鳥見役の役人だった。

役人は二人いた。二人とも野袴に黒の菅笠を被って、手には鞭を持っていた。

息もとまらんばかりにして立ちすくんだ二人に、黒い肌をした丸顔の役人が言った。

「けしからん。ここをどこだと思っているのだ。ここは、殿様の御鷹場であるぞ。いっさいの鳥獣の殺生捕獲は禁止されている。おい」

とその武家は、もう一人の若い武家に命令した。

すると、若い武家が馬から飛び下りた。今にも飛びかかってきそうな勢いである。

「お許し下さいませ、御覧の通り、雉が怪我をしております。私たちは介抱して、元気になったらまたここに連れて来るつもりでございます」

儀一は兄らしく、弟を背にかばって訴えた。

だが、馬上の役人は、冷たく笑って、

「その雉は、おまえたちが傷つけてとったのだ。言い逃れはできぬ。おまえたちは罰を受けなければならぬよ」

それを聞いた直次郎が怒った。

「お役人様は、雉をここで死なせてもよいとおっしゃるのですか。お役人様の仕事は、殿様の御鷹場の鳥を保護することではありませんか。それにここは、御鷹場とは少し離れているんだ」

「馬鹿者。生意気な小倅《こせがれ》たちだ。おい、そいつを縛れ」

馬上の武士は怒鳴った。

「しかし、たしかに少し御鷹場から離れております」

若い武家は辺りを見回した。馬上から飛び下りたものの、直次郎に御鷹場の外だと言われて、躊躇している風だった。

「俺が御鷹場だと言ったら、御鷹場なのだ。おぬし、俺に逆らえば家老に逆らっているに等しいということを忘れたか」

馬上の武家が一喝すると、若い武家は肩を丸めて黙ってしまった。

「腰抜けめ、もう頼まぬ」

馬上の武家は背中に背負っていた仕込みの竹竿を引き抜くと、するするとそれを伸ばし、腰に携帯していた黒い筒の中から、鳥もちのついている先端部分を取り出して、先ほどの竿の先にぱちりと固定した。

「この鳥もちを逃れることが出来たなら、許してやるぞ」

不敵な笑いを浮かべながら、馬上の武家は、鳥もちのついた竿を直次郎の顔の前に伸ばして、ぴたりと照準を合わせたのである。

「わー……」

直次郎は恐怖のあまり、雉を抱いたまま走り出した。

「待て！」

馬上の武士は直次郎を追った。

草原を、武士が馬で直次郎を追い回す。

その執拗な追跡は、まるで犬追物そのままだった。

武家は直次郎を獲物にみたてて、楽しんでいるようだった。

右に左に、縦に横に……直次郎は走って走って、よろよろになって沼の縁に追い詰められた。

「私を罰してください。弟を助けて下さい」

じりじりと直次郎を追い詰めて行く武家の馬の下に、走り寄った儀一はひれ伏した。

だが武家は、鼻で笑うと、睨んで涙を流している直次郎の顔に、武家はもちのついている竿の先端をぐるぐるとなすりつけた。直次郎がかわしても容赦なく竿は襲った。

「う、うう……」

呼吸さえ苦しくなった直次郎が、たまりかねて竿の先をつかんで引っ張った。

「うわ……」

危うく落馬しそうになった武家は、かっと顔を怒らせると、馬から飛び下りて大刀を抜いた。

「俺を殺そうとしたのか……ん、これでおまえばかりか、おまえの兄も、父も母も、みんな罪人だ。そうでないと言うのなら、お前が死ね、死んで詫びろ」

じりっと寄った。

「に、兄ちゃん!……」

直次郎は嘆きの叫びを発して、雉を抱いたまま咄さに沼に身を跳らせた。

「直次郎!……」

儀一も沼に飛びこんだ。だが、思いがけず太い水草や堆積した泥や枯れ木に阻まれて容易に直次郎のところに近寄ることは出来なかった。まもなくだった。雉だけが先に水面に浮き、その後で動かなくなった直次郎が浮いた。雉は何度か弱々しく羽ばたいたが、直次郎は動かなかった。

「直次郎!……直次郎!……」

儀一は、水面に見せている直次郎の顔を両手で挟んで呼んでみたが、鳥もちを顔に塗りつけられていたためか、泥と落ち葉が顔にまとわりついてすでに息絶えていたのであった。

儀一の父親井筒屋は、藩にことの次第を訴えたが、訴状の内容は兄である儀一の作り話だとして却下され、

「不届きなる悪童の自業自得、それを恥とも思わず訴える親も親だ」

藩はそう裁断して、井筒屋は闕所、重追放とされたのであった。

儀一は両親と三人で国を追われて上方に向かったが、その間に母が死に、父が死に、一人になった儀一は江戸に出てきたのだという。

それが、おるいが求馬に話した全容だった。

「おるいは、儀一さんは自分だけ幸せになってはいけないと思っているらしいと言っていたが、俺の考えではそんな理由で夫婦になるのを拒んだのではない。長年の敵が見つかったからだ」

求馬は険しい顔で頷いた。

「まさか、その敵というのが、須崎源之丞……」

千鶴が驚いて聞く。

「その通りだ」

「でも、須崎某は御留守居です」

「それだが、須崎源之丞は、国家老の三男坊だったのだ。素行不埒を咎められて、懲らしめのために御鳥見役をやらされていたようだ。その不満が源之丞の横暴に拍車をかけたと思われるが、なんといっても国家老の息子だ。社交の才を買われ、江戸藩邸の御留守居役に抜擢されたということらしい」

「すると、これまでの二つの鳥もち事件は、儀一さんが一人でやったのでしょうか……それとも」

ふと千鶴はつぶやきながら、宇吉の儀一に対する拘りは、ただの昔の恩ある人の息子へのそれというより、何か別の深い事情があるように思えてくるのであった。

五

宇吉が激痛に襲われたと知らせが来た。

千鶴を迎えに来たのは、淡路屋の女中でおくみという娘だった。

丁度千鶴は昼食を終えたところで、昼からさる旗本の家に往診し、十歳になる嫡男の怪我の手当てをするつもりだったので、そちらはお道に任せて宇吉の長屋に走った。

十歳の男の子の怪我は、既に快復にむかっていて、軟膏を塗って包帯を取り替えるだけのものだったから、お道も安心して出かけて行ったのである。

千鶴は宇吉の容体が心配だった。

千鶴が訪ねて行って、痛み止めの薬を与えると、宇吉は夜の四ツ頃までぐっすりと眠った。やがて、目覚めた宇吉は枕もとに千鶴の姿を認めると、

「先生、まだ居てくれたんですかい……」

信じられないような面もちで千鶴を見た。

やがて、自身の方から、弱々しいがしっかりした口調で言った。

「先生、あっしの話を聞いて下さいますか」

千鶴が頷くと、宇吉は、静かに話し始めた。

「先生、先生には儀一さんのご実家井筒屋がなぜ国を離れなくてはならなかったか、話していませんでした。そのことを話さなくてはあっしが頑固に江戸にいて、皆さんにこうしてご迷惑かけてきたことが納得いってもらえねえと思いましてね」

「宇吉さん、そのことなら儀一さんのいい人から聞きましたよ」

「儀一さんのいい人……」

宇吉は驚いた顔をして、千鶴を見上げた。

「ごめんなさいね。わたくし、宇吉さんのことが心配で、それで少し調べさせていただきました」

千鶴は、自分が鳥もちの事件にかかわったことから、宇吉のことが心配になり、信頼できる人に頼んで調べてもらったのだと告白し、井筒屋が今は江戸藩邸で御留守居役となっている須崎源之丞の理不尽な仕打ちがもとで国を追われたことを、儀一の子を宿しながら悲嘆の日を送っているおるいという女から聞き出したのだと告げた。

「そうですか……そこまでご心配をかけていたんですか」

「気を悪くしないで下さいね、宇吉さん」

「とんでもねえ、あっしの方こそ、この広い江戸で、一人ぽっちのあっしに……それも、こんなおいぼれに情けをかけて頂けるなんて申し訳ねえ。みなさんのお志を考えると、つくづく、なぜあの時、はっきりと御鳥見役の悪を訴えなかったのかと悔やまれます」

「宇吉さん、そのことで、何かご存じなのですね」

「へい……当時あっしは、須崎たち御鳥見役の差配の下にありました。あの日も鷹の餌をもとめて山に入っていたのですが……」

丘の木立ちの中から、宇吉は須崎が犬を追うように男の子を追っかけて苛めているのを見ていたのである。須崎は粗暴な人だった。

いつぞやは町場の娘でおとわという女に執心して、何度も誘ったが靡《なび》いてくれず、おとわに許嫁がいると知るや、家士を使ってその許嫁を散々に殴りつけ、とうとうおとわは町から消えたという話もあった。

山を歩く宇吉たちも、村々でおとわを見かけたら報告するようにと言われていた。須崎は自分を裏切った者は徹底して追い詰める人だった。

自分の気分の晴れぬ時は、弱い者苛めをして憂さを晴らしていたのである。

宇吉は苦しそうな顔をして話を継いだ。

「ともかくあっしがいた場所は、離れてはおりましたが、争いの声は聞こえていました。飛び出していって男の子を庇ってやらなければと思いましたが、足がすくんで出来なかったのでございます。あっしの家は代々の鳥刺しの家でございます。御鳥見役の機嫌をそこねれば、家族が路頭に迷います。その思いが、あの非道に目をつぶることとなったのです。まもなくでした、追われていた男の子が井筒屋さんの下のお子さんだと知ったのは……それも半ば殺されたも同然で、井筒屋さんが訴えていることも聞きました。今証人になってあげなければと思うもの の、それまでの藩のおえら方のやり方を見聞きしてきたあっしには、その時も身を挺して訴える勇気がございませんでした。あれよあれよという間に、井筒屋さんはさらに罪を着せられて国を追われたのでございます」

「……」

「どれほど自分で自分を責めてみても取り返しのつかないことになったのです。あっしが鳥刺しをやめた大きな理由は、そのことでした。あっしも国を出て、井筒屋さんに謝らなければ死んでも死にきれねえ……そう思ったのでございます」

宇吉は、話しているうちにまた腹が痛み出したのか、顔をゆがめた。

「痛みますか」

「いいえ、これしき……先生、それであっしは儀一さんの消息を追って江戸に出てきたのです。前にも話しましたが、ようやっと儀一さんに巡り合って謝りました。殺されても仕方がねえと思っておりやしたが、儀一さんは許してくれました。宇吉さんが庇ってくれたって、同じ結果になっただろうと、そう言ってくれました。それであっしは、頼りにならねえ年寄りですが、儀一さんの幸せを見るまでは、この江戸で見守っていきたい、そう決心したのでございます。ただ……」

「ただ……」

千鶴は、宇吉の顔を横切った不安な色を見た。膝を寄せるような思いで聞き返した。

「おっしゃって下さい、宇吉さん」

「儀一さんは、自分も郊外で鳥をとって鳥屋に売れば、早く借金もかえせるなどとおっしゃって、あっしのところに鳥もちを……」

「渡したのですね」

「……」

「宇吉さん、儀一さんは須崎という人に復讐しようとしているのだと思います。でも今なら間にあいます。誰かの命をとったというのではありませんから……。儀一さんの幸せを願っているのなら、宇吉さん、正直に何もかも教えて下さい」

千鶴はつい声を上げた。

「鳥もちはお渡ししました」

「宇吉さん……」

自身の危惧が符合した恐ろしさに、千鶴は胸の高鳴りを抑えることができなかった。緊張した目で宇吉を見た。

「先生、儀一さんがそんなことを考えているのなら、どうか伝えて下せえ。悪いつかは必ず成敗される。儀一さんには自分のこれからの幸せだけを考えてほしいと……」

須崎源之丞が、近頃は深川の女のところにも足を向けないようになったという話を持ってきたのは、浦島だった。二つの事件以来、身辺に危険を感じた源之丞がとみに用心深くなったらしい。だがそのこと自体、思い当たる節はないとうそぶいていていた源之丞の言葉が虚言だった証拠ではないかと浦島は言うのであった。

「話は三廻りから聞いた話ですから、確かですよ。えらそうにお前たち町方はうんぬんかんぬんと怒鳴っていた人が、あんがい臆病者だったとみんな陰で笑ってます」

浦島はそうも言い、しかしそうは言っても、御留守居は外出しなければお役目は果たせない。

特に近頃は、あちらこちらの料理屋で、会合と称して会食を重ねる各藩の御留守居役との交流は断り続けることも出来なかったとみえて、深川の女にも、近々その日には帰りに立ち寄ると言ってきたらしい。そんな情報も浦島はつかんでいた。

「三廻りは、そんなお大尽遊びの警護などごめんだと渋っていたところ、上方から大盗賊が府内に入ってくるという知らせがきて、これ幸いと丁重に断りを入れたっていうことなんですが」

「御留守居役の会合は、どちらの料理屋ですか」

千鶴が聞くとはなしに聞いてみたが、そんなことにとんちゃくのない浦島は、

「聞いていませんね。しかし大名の御留守居役が、あの中間のような目にあわされたら、噴飯ものですよ。賊を咎めるより、やられた武家の方が非難されます。藩によってはお役御免を言い渡されるかもしれませんね」

浦島はひとごとのように言い、

「じゃ、私もしばらくは大盗賊探索のために、お呼びがかかっていますので……」

両肩をぐいぐいっと回して、気合いを入れて帰って行った。

千鶴は苦笑して見送ると、お道を求馬の家に使いにやって、自分は木挽町の儀一の住まいに向かった。

千鶴が、木挽橋東袂にさしかかった時、後ろから、

「千鶴殿」

求馬が走って来た。

「すみません、機を失してはと存じまして先に参りました」

「お道から聞いた。俺も気になっていたところだったが間に合って良かった。参ろう」

二人は木挽町七丁目の儀一の長屋に直行した。


「あなた方はいったい……」

突然現れた見知らぬ二人に、儀一はいささか動揺しているようだった。

「とにかく中に入れてくれ」

求馬は強引に中に入った。

千鶴も続いて入るが、家の中を見て驚き、儀一の顔を見た。

赤茶けた畳の上には、振り分け、矢立てに脚絆など、旅に使用するものが揃えてあり、その側には油紙の上に、包みかけて置いたと思える位牌三つがあった。

「おるいさんを置いて、江戸を離れようとしているのですか」

千鶴は厳しい声で聞いた。

「おるい……なぜおるいのことを……」

「おるいさんのお腹には、儀一さん、あなたの赤ちゃんがいるというのに、あなたはそれでも父親ですか」

「知らなかった。おるいのお腹に子がいたなんて……しかし、あなたたちはいったい……」

「おるいだけじゃないぞ。自分の命はあといくばくもないと知りながらも、それでも、お前の幸せを見届けなければならぬと、頑張っている宇吉の思いも預かってきている」

「う、宇吉の親父さん……だ、誰です。あなたがたは」

「私は宇吉さんの体を診ている医者で、桂千鶴といいます。病のことを他人に洩らすのは医者の道義に外れますが、あなたには告げなくてはなりません……宇吉さんはそう長くない命です」

「まさか……」

「本当です……私はその宇吉さんの命にかえての願いを預ってここに来たのです」

「……」

驚いている儀一に、今度は求馬が告げた。

「そして俺は、お節介野郎だが、おまえさんのことはおおよそ調べさせて貰った菊池という。むろん、お前に無茶をさせたくない一心でここに来たのだ」

求馬と千鶴は、どうしてここにやってきたのか今までの経緯を儀一に話し、

「須藤源之丞に一矢を報い、その足で旅に出るつもりだったんだな」

俯いて拳を膝に置いて聞いていた儀一に、求馬は念を押した。

儀一は、否定も肯定もしなかった。

だがふいに顔を上げると、ぎらぎらした目を向けて言った。

「わたしが鳥もちで二人を襲ったなどと、証拠があるんですか。確かな証拠があるのなら町方に突き出したらいいじゃないですか」

覚悟を決めた者の、静かな開き直りだった。

「儀一さん、私たちはそういうつもりで、ここに来たのではありませんよ。先にもお話ししましたが、ひとえにあなたのことを思ってのこと……あなたの辛い気持ちはどれほどのものか察するにあまりありますが、おるいさんのためにも、生まれてくる赤ちゃんのためにも、そして、あなたの幸せを見届けるために、国を捨てて寂しいひとりぽっちの最期を迎えようとしている宇吉さんのためにも、ここで踏み止まることはできないのでしょうか」

儀一はふっと笑った。芯から冷えきっているような、救いのない笑いだった。

「踏み止まってその先に何がありますか……悪人をのさばらせて、散々な仕打ち

を受け地獄を味わった私たち家族の憎しみはどうなるんですか。私は弟が犬ころのように殺された時のことを忘れたことはありません。弟は、あの時、罰が家族に及ぶと言われて、沼に飛び込んだのです。その弟の顔になすりつけられた鳥もち……葉っぱや泥にまみれた弟の顔……あんな無残な姿で殺された弟の敵をとってやらねば……私はずっと後悔してきました。あの場で、ひれ伏して乞うだけじゃなく、自分が立ちふさがって弟を逃がすことが出来たのじゃないかと……私は結局、弟を見捨てたのだと……今になってではありますが、見捨てた弟の、せめて敵を討ちたいと……」

儀一は震えていた。唇を嚙んで、おしよせる憤りと悲しみを、押し戻しているようにも見えた。

そして目は、鬼火のように燃えていた。

——燃え上がった恨みの火を消すのは、敵を討つしかないというのか……。

一つ一つ、ことを分けて説得してきた千鶴と求馬は、深い溜め息をついて見合った。

空しい思いに包まれた時、

「儀一さん……」

おるいが飛び込んで来た。おるいは渋い赤色の縞柄に黒繻子《じゅす》の帯をしめた首のすいと伸びた女だった。復讐に燃えた儀一の、心の葛藤と放浪をなぐさめてくれるような、優しさの見える女だった。

女の千鶴が見ても、好感が持てた。

だが儀一は、険しい顔をして土間に下りて来ると、

「おるい、ここには来るなと言ったじゃないか」

おるいの腕をつかんで、邪険に言った。

「帰れ、帰ってくれ」

外に追い出そうとした。

だがその腕を、求馬がつかんだ。

「何をするんだ」

「まだ分からんのか。お前はかつて弟を見捨てたと先ほど言っていたではないか、ここでまた、おるいとお腹の子を見捨てるのか……大切な人を二度も見捨てるのか！」

求馬は怒っていた。

千鶴の見たこともない険しい目で、儀一を睨んだ。

「お前流の言い方をするなら、その先に何があるのだ……お前は返り討ちになって死んでも本望かもしれぬが、最後の命の火を、お前のために燃やし続けているあの爺さんの思いはどうなるのだ。そして、おまえをただ一人の夫と思い、父と思う、おるいとお腹の子のこの先の苦悩はどうなるのだ」

「旦那……」

儀一の目に、光が揺れていた。

「俺は思うぞ。本当の復讐は、お前が父にも勝る商人になることではないのか……井筒屋の血は不屈だと、ここにあると、知らしめることではないのか……そのことのほうがよほど大変な道のりだと思うが、亡くなったお前の弟も、きっとそう言うぞ……兄さん、頑張ってくれ、幸せになってくれ……」

「くっ……直次郎……」

儀一はそこに頽《くずお》れた。

「儀一さん……」

両膝両掌を土間について忍び泣く儀一の側に、おるいは膝をついた。儀一の背中に手をのせて見守っていたが、

「おるい……」

おるいの膝に、儀一の左手がつかむように乗った時、

「儀一さん……」

おるいは儀一の首にしがみついた。その白い細い腕が力いっぱい儀一の首を抱えこんで離さない。

千鶴と求馬は、儀一の長屋を後にした。

――ひとまずはこれでいい……。

千鶴はそう思った。


「やられましたよ、千鶴先生」

浦島が渋い顔をしてやって来たのは、千鶴と求馬が儀一に会いにいった三日後の夕刻だった。

「まさか、須崎源之丞ではないでしょうね」

「須崎源之丞です。しかもこたびは殺されましたよ、鳥もちで」

「鳥もちで……」

千鶴は絶句した。

「鳥もちを喉に詰まらせて、ほら、正月に餅を喉に詰めて死ぬ人がいるでしょ

う。あんな感じで……」

「……」

「昨夜、御留守居役たちの会合があったのですよ。場所は深川の福島橋の袂に冨吉町という町がありますが、最近そこに出来た縁起のいい名の料理屋がありましてね。『福富』というのですが、そこの裏庭で事件はあったのです」

「……」

「ずいぶんびっくりしたようですね。そりゃあそうですよね。この事件に一番先にかかわったのは千鶴先生なんだから」

「犯人は、どうしました」

「源之丞のお供の者共に斬り殺されたとのことです。二人並んで死んでいたわけです。驚くことに、源之丞の相手は痩せ細った爺さんだったというんですから」

「爺さん……」

――名は？……。

と、聞きたいところを恐ろしくて、千鶴はその言葉を胸の中に押し込んだ。

浦島が続けて言った。

「事件のあらましを言いますとね。夕べも集まった御留守居たちは会合などとは名ばかりで、すぐに酒宴になったそうです。おおかたの人間がほろ酔い加減になった頃、源之丞は厠に立った。座敷を出て廊下の突き当たりが厠になっているらしいのですが、その厠の手前の廊下で源之丞は声をかけられた、庭にいた爺さんに……酒のおかわりを運んで来た仲居が見ていたんだが、源之丞が爺さんに近づくと、なにやら爺さんは源之丞に耳打ちした。すると、源之丞は『おお、おとわが……』と嬉しそうな顔をしていたというのだ」

「おとわ……」

千鶴は驚く。

おとわというのは女の名前で、宇吉の郷里の話の中に出てきた名前だった。

千鶴は、源之丞を殺したのは、間違いなく宇吉だと確信した。御鳥見役だった頃、思いを果たせなかったというその女の名を持ち出して、宇吉が仕組んだ芝居に違いなかった。

浦島は話を継いだ。

「それでですね。爺さんに誘われた源之丞は庭下駄をつっかけて爺さんと暗闇に入って行った。まるで仲良しが内緒ごとをするようだったと仲居は言っていたようです。ところが仲居が、座敷に入って腰をすえてすぐ、二人が入って行った暗闇で叫び声がした。それで、待っていた供の者たちが暗闇に走ると、植え込みの間で、源之丞は口に鳥もちを銜《くわ》えて死んでいたというんです」

「それで？」

「その傍らに放心の態でいた爺さんを、供の者たちは成敗したと……」

千鶴にはその時の宇吉の最期の顔が一瞬浮かんだ――が、なぜかその顔は苦悶の表情ではなく穏やかな笑顔だった。

「いったい、どこの誰だったのですか、御留守居を殺した人は」

千鶴の胸中など知らないお道が興味深そうに尋ねた。

「それが爺さんの身元はわからないまま回向院の無縁仏に……そう、もう葬られたんじゃないかな。町場で起きた事件ですから、こっちも一応藩邸に問い合わせたらしいんです。爺さんのことを知らないかって……しかし誰も知らない。で、千鶴先生も知っているあの中間にもね、聞いたらしいんです。あの中間はいつも須崎源之丞が出かける時には挟み箱を担いでいたようですから。しかし覚えがないという。深川の女にしてもそうです。自分を縛り上げた人は、もっと逞しい人だったなどと言うものだから訳がわからなくなりましてね。有村藩もそんな爺さんに武家ともあろう男が油断して殺されたとあっては、これ以上事を大きくしたくない、そんな感じだったと聞いています」

「……」

「源之丞という人は、なんとまあ、国家老の息子らしかったようですから、体面を考えて病死とでもするのでしょうな。結局、奇怪な事件として処理されるわけです。それにしても解《げ》せないのは、やせ細った爺さんが、酔っ払っている男とはいえ、どうやって三十半ばの源之丞の口に鳥もちを入れることが出来たのか不思議で」

「浦島様……」

千鶴は浦島の名を呼んで、

「ん？」

浦島が顔を向けたところを、いきなりぎゅっと鼻を摘んだ。

「ああ」

思わず、ぱくぱくと開けた浦島の口に、千鶴はぽんと何かを投げ入れる所作をした。

「分かりましたか」

千鶴は浦島の鼻を放すと、苦笑した。

「ああびっくりした……」

浦島は息を整えると、

「そうか、そういうことだったのか。いやこのことは、皆不思議がっていたんですよ、なるほどね……千鶴先生に鼻を摘んでもらって教えてもらったんだと、うん、知らせてやろう」

浦島は浮き浮きとして、何度も自分で自分の鼻を摘み、口を開け、つくった拳を口にほうり込む所作をしながら、治療院を出て行った。

千鶴は浦島を見送ると、宇吉の長屋に走った。

すると、淡路屋が、上がり框で呆然として座っていた。

「淡路屋さん……」

千鶴が近づくと、淡路屋はふと気がついたように顔を上げ、懐から手紙を出して、千鶴に手渡した。

「これは先生に……」

淡路屋はそう言うと、

「小鳥は誰か好きな人にあげてほしいと……とりあえず私がひきとりました。先生、お帰りにはお店にお立ち寄り下さい」

大きな溜め息をついて出ていった。

どうやら淡路屋にも宇吉は手紙を残していて、淡路屋はなぜ宇吉がこの世からいなくなったのか、分かっているらしい。

「千鶴殿……」

求馬が入って来た。

「求馬様……」

「浦島殿に会ったのだ」

千鶴は頷いて、手紙を開いた。


先生、お世話になりました。

最期に、一世一代の大鳥刺しをと思い立ちました。

長い旅になりそうですが、お別れは言わずにいきます。

春落葉

とあった。

——春落葉……。

春落葉とは、春とか初夏に人知れず葉を落とす椎《しい》や樫《かし》などの常磐木《ときわ》の落ち葉をいうが、旬日ほどで古い葉は新葉と交替する。

求馬が手紙を千鶴の手から取って読み返し、ふっと苦笑した。

「宇吉の奴……」

第四話　走り雨

一

からっ……ころっ……。

弱々しく、足を投げ出すように踏みしめるお竹の下駄の音が戻って来て、勝手口から入って来た。お道の帰りがあまりに遅いのを案じ、

「私が見て参ります」

と飛び出して行ったお竹だったが、無駄足らしかった。

お竹は後ろに、黄昏《たそがれ》を背負って入ってくると、千鶴の顔を見るなり首を横に振った。

お道が薬包紙にする紙を買いに出てから一刻以上が経っていた。紙屋は通油《とおりあぶら》

町《ちょう》にあり、道草をしたって往復半刻もかかるまい。

千鶴は夕食の膳を前にして、茶を飲みながらお道を待っていた。

女三人の暮らしは、誰か一人が欠けると寂しいのを通り越して心細くなる。

「千鶴先生、お先に召し上がって下さい。私、後でお道さんと頂きますから……でも、こんなこと初めてですよ、いったい、どうしたんでしょうね」

お竹は不安げな顔を向けた。

「いえ、お道ちゃんを待ちましょう。帰ってきたら、知らせて下さい。わたくしは書庫にいます」

千鶴は、手にあった茶を飲み干すと、お竹が渡してくれた手燭を持って茶の間を出て廊下に立った。

桂家は玄関を入ると左側の奥に向かって廊下が伸びているが、この廊下に沿って、待合室、そして治療室がある。

治療室の隣には並んで小部屋が縦に二つ、一つは書庫で、もう一つは調合室である。

千鶴の部屋は、その小部屋の右奥隣になっている。

千鶴が、静かになった待ち合いの部屋をちらと見て奥に向かおうとしたその時、玄関で声がした。

「藍染先生とは、こちらでござるな」

武家の声だった。声は低く、くぐもっていた。

お竹はお道を待つあまり、門の閂を下ろさずにいたようである。

千鶴は手燭をもったまま、小走りして玄関に出た。

「すまぬが手当てを頼みたい。急ぐのだ」

武士はせっつくように言った。

手燭を伸ばして武士の顔を見た千鶴は嫌な予感がした。

武士は二十歳そこそこかと思える面立ちだったが、その顔にはまだ興奮の色が宿り、血走った目を向けている。ただごとではない事態が待ち受けているのは明白だった。

医者仲間、特に外科医が警戒するのは、こういう時である。

罪を犯した者が怪我をして飛び込んで来たり、表沙汰に出来ない喧嘩や抗争で傷を負い、治療を求めてくることがあるからだ。

半年前にも、本所の道庵という外科医が何者かに連れ去られ、数日後死体となって大川に浮いていた。

千鶴はしかし、つとめて平静を装って尋ねた。

「ご容体は？」

「怪我だ。刀傷だ。いっときを争うのだ」

「ご姓名とお屋敷の場所を教えて下さい」

「その必要はない。外に駕籠を待たせてある。それに乗り込んでくれれば案内致す。むろん、他言は無用だ」

「申し訳ございませんが、そういうお話ならばお断り致します」

「何……」

「たかが医者だと見くびらないで下さいませ。わたくしは治療のためならどこにでも参りますが、名も名乗らず、場所も言わず、そんな方々の治療までは引き受けかねます」

「なるほど、噂にたがわず鼻息が荒いな。そんなことだろうと思ってな……」

武士は懐から一本のかんざしを出して見せた。

蠟燭の炎の下に、平打ちの銀のかんざしが弱々しく光った。一目で分かる、お道のかんざしだった。

「お道ちゃん……」

思わず千鶴は手を伸ばしたが、武士はすばやくひっこめた。

銀のかんざしは、耳掻きの下に手毬《てまり》を見立てた円形の見事な飾りがあった。

お道の実家は呉服屋である。娘のために、金に糸目をつけずに特別に造らせた一品だというのは、千鶴も知っていた。

武士は押し殺した声で言った。

「この通り先生の弟子を預かっている。言う通りにしなければ、弟子の命はないと思ってくれ」

「分かりました。参りましょう。そのかわり、必ずお道ちゃんを帰してくれますね」

「二言はない」

「では、暫時お待ちを……」

千鶴は治療室に向かうと、薬箱に治療用の器具や薬を入れ、藍染めの紺袴をつけると、小刀を差し、玄関に出て行った。

「千鶴先生……」

お竹が人の気配に気づいて出てきたようで、手燭を持ったまま廊下に立ち尽くし、玄関の黒い影を見て、不安な表情を千鶴に見せた。

「心配しないで、往診です。それからこのことは、誰にも漏らしてはいけません。お道ちゃんは、わたくしが連れてかえってきます」

千鶴は、お竹に頷いてみせた。

お竹はそれで、あらかたの事情を察したようで、

「千鶴様、私もお供します」

「駄目だ。おまえはそこから一歩も動くんじゃない」

険しい声で武士が言った。

「千鶴様……」

お竹は泣きそうな声を出して、そこにへなへなと腰を落とした。

「急いでくれ」

武士は千鶴の手から灯をもぎ取ると、恐ろしげな顔で促した。

はたして、表の駕籠の前に千鶴が立つと、武士はいきなり千鶴に手ぬぐいで目隠しをした。

小刀も抜き取られて、

「しばらく辛抱してもらう」

駕籠の中に押しこめられた。

千鶴は駕籠に揺られながら、行く先の特定をしようと静かに耳を澄ませていた。

駕籠はしばらくは賑やかな町場を急いでいるようだった。駕籠かきの足音や息遣いとは別の、往来を行き交う人の足音や声が近づいては遠ざかった。だが暫くして橋を渡ったと思った。橋板を駕籠かきが踏み締めるのが分かったからだ。

すぐに駕籠は左に折れて、上り坂にさしかかったようだった。

しっかり紐につかまっていないと、体が浮いて背中が後ろに引かれそうになる。

おおよそ半刻あまり、急な坂を上り、さらに緩やかに登る道を急いで、千鶴は駕籠から下ろされた。

「待っていたぞ」

別の武士の声がした。

これで武士は二人になったと千鶴は思った。

「ここからは石段だ、しっかりつかまって足元に気をつけてくれ」

二人の武士は左右から千鶴の腕をつかんだ。

千鶴は両脇を支えられながら、一歩一歩登っていった。

登りきった時、

――二十五……石段は二十五……。

千鶴の推測では、登りきったところが目的の場所のようだった。どんな家かは分からなかったが、戸を開けて屋内に入ったのが分かった。

目隠しをとってくれたのは、座敷に入ってからだった。

「これは……」

千鶴は、燭台と行灯とで明るくした部屋で、仰向けに寝かされている若い武士に駆け寄った。

武士の左肩には晒しが巻かれていたが、血に染まっていた。

顔は血の色を失っていた。

「しっかりしなさい」

千鶴は声をかけると同時に、慎重に晒しを取った。

血はまだ滲み出ていた。傷は骨には達していなかった。

「これを使ってくれ」

迎えに来た武士が、晒しと焼酎を千鶴の側に置いた。

もう一人の武士は少し年長で、腕組みをして凝っと千鶴を見下ろしていた。

「傷は五寸以上に渡っています。止血するためにも縫合したほうがよろしいですね」

「縫合というと……」

武士二人の顔が強張った。

「縫い合わせるのです。これ以上出血すれば命が危ない。化膿もします」

「縫えば命は助かるのだな」

年長の武士が言った。

「それは分かりません。とにかくやってみます。お二人とも手伝って下さい」

千鶴は二人の武士に、傷ついた武士が動かぬよう体を固定させると、針を皮膚に差し込んで、ひと針、ひと針、丁寧に縫い合わせた。

針はシーボルトから譲り受けたものだ。糸は絹糸だが、凧糸といわないまでも、かなり太くて丈夫なもので、千鶴が特注して造ったものだった。

千鶴は結局十三針も縫った。

もう一度傷口を消毒して、紫雲膏《しうんこう》を塗った。

紫雲膏は華岡青洲《はなおかせいしゅう》が考案したものだが、仲間を通じてその研究を千鶴も知ることが出来、おおいに重宝している薬である。

解毒、抗菌、抗炎作用に優れていて、肉芽形成を促す外用薬であった。

一通りの処置が終わって、ふっと二人の武士を見ると、さすがに緊張していたのであろう、二人とも真っ青な顔をして虫のような小さな溜め息をついた。

患者は昏睡状態に陥っている。

初めてその患者の顔をじっくり見詰めてみると、端整な顔立ちの好青年に見えた。

「今晩が山ですから、わたくしが側にいます」

「かたじけない」

二人の武士は、頭を下げた。

千鶴は、脅しに屈せざるを得なかった屈辱とは別の、医者としての本分を忘れなかったことに、今更ながら満たされた気持ちになっていた。

どれほどの時刻になっているのだろうか。

仕事をやり終えてほっとしてみると、空腹に襲われた。

すると、二人の武士が膳を運んで来た。

「われわれは隣の部屋にいます。何かあれば申しつけて下さい」

脅していた時とは、うってかわった丁重な物言いで、隣室に消えた。

膳は、御飯も味噌汁も温かかった。ひらめの半日干し、蕗《ふき》の薹《とう》の味噌和《あ》えも心のこもったものだった。

膳の隅の塗りの小さな皿に、黒砂糖まで添えられていた。

武士二人が千鶴とずっと一緒だったことからして、この家には他にも住人がいて、その者が目の前の膳をつくってくれたに違いなかった。

こまやかな心配りを感じて部屋を見回すと、なんとなくしっとりと落ち着いた部屋で、微かに化粧の香りが染みついていると思った。

家は武家屋敷などではなく、町家だと思われる。

静かに箸を動かしながら、千鶴は隣の部屋で息を潜めて自分の動きに耳をそばだてているであろう二人の武士と、目の前で昏睡している武士は、いったい何者なのかと考えていた。

時の鐘が鳴る。

どこか遠いところから聞こえてきたが、すぐにずいぶん近くからも聞こえてきた。

夜の四ツ……。

千鶴は、昏睡している武士の額に手をあてて、てぬぐいを取り替えると、突然これからどうなるのかという不安に襲われていた。

――せめてお道を無事に帰してもらわなければ……。

千鶴は祈るような気持ちだった。

二

「千鶴様……よくまあご無事で……」

お竹は、千鶴の姿を玄関に見るなり、涙ぐんだ。

「お道ちゃんは……」

「帰っていますよ」

お竹はそう言うと、

「お道さん」

奥に向かって大声を出した。

武士たちに千鶴が拘束されていたのは丸一日、怪我をした武士は今朝方昏睡から目覚めたが、物言う気力もないようで、千鶴は更に夕刻までつき添って、傷口を消毒し、包帯を巻き変えて、これでおそらく大事ないと思われるまで治療に当たっていたのである。

二人の武家にその後の手当ての仕方を教え、七日から十日ほど経った後に、もう一度自分をここに連れて来るように伝えると、二人の武家は戸惑いの色をみせた。

拐かし同然に連れてきた医者が、その後の経過を診るために、もう一度連れに来るように言ったのだから無理もない。

不意をつかれて返答もしかねている二人の武士に千鶴は言った。

「これで帰して頂けますね」

すると、年長の武士が黙って頭を下げた。そうして若い武士に目顔で合図を送ると、若い武士は小刀だけは返してくれたが、又、千鶴は目隠しをされて、駕籠に押し込まれたのであった。

千鶴の目隠しをとってくれたのは、医院の門前だった。

すでに薄闇が辺りを包んでいて、千鶴が駕籠の外に立つと、武士は急いで引き上げて行ったのである。

「お竹さん、湯を立ててくれますか」

千鶴が上がり框にどたりと腰を下ろすと、

「はい……はい」

お竹は湯屋の方に飛んでいった。

「先生……千鶴先生」

すると奥からお道が泣きながら走ってきた。

「よかった……」

「先生……」

二人は抱き合った。

お道の無事な顔を見るなり一挙に緊張がとけたのか、疲れがどっと押しよせてきた。

「千鶴殿」

気がつくと求馬が、ほっとした顔で立っていた。

「求馬様……」

「お竹さんが知らせてくれたのだ。まずは無事でよかった」

千鶴はお道と求馬に支えられるようにして、上にあがった。

「聞かせてくれ、どのような所に連れていかれたのか」

求馬は、小座敷にあがるなり千鶴に聞いた。

お竹は千鶴が連れ去られてすぐに求馬の家に走ったらしく、求馬は夕べからずっとここで待機していたのだと言った。

「それが……」

千鶴は昨日夕刻から今までの丸一日の出来事を話しながらも、連れて行かれた場所の特定は難しかったと、記憶している断片的な手がかりを求馬に話した。

求馬はじっと腕を組んで聞いていたが、

「この家からかかった時間、坂や石段……それらも大事な手がかりだが……他にも何か気がついたことはなかったのか……たとえば臭い……物音……」

「そういえば、琵琶の音が」

「ほう……琵琶」

「はい。きっと近くに琵琶の奏者が住んでいるのだと思って聞いておりました。今日の昼過ぎには、つたない音も聞こえましたので、お弟子を持っている方が近くに住んでいるのだと思います」

「ふむ……他には？」

「ええ……向こうに着くまではいろいろと気配りしていたのですが、手術をしている時は夢中で、気がついたら四ツの鐘が……」

「……」

「そういえば、鐘の音がすぐ近くで聞こえました」

「鐘か……」

「でも、この江戸には時刻を知らせる鐘は、十とも十一とも言われていますから」

「もっとあるのじゃないかな」

「だったら、無理ね、決め手にはなりませんね」

「無理かもしれぬが……」

　求馬が、きらりとした眼を向けた。

「調べてみる価値はある。俺が聞いた話では、鐘は撞き方にも特徴があるのだと……」

「本当ですか」

「詳しいことは調べてみないと分からぬが、少なくとも千鶴殿が近くで鐘を聞いた場所は、ここから駕籠で半刻ほどの距離……その円の中に入る鐘撞堂は、どことどこか」

「求馬様……」

「まず本石町だが、この場所とは目と鼻の先だから除外するとして、大川を渡った本所横堀、浅草寺、寛永寺……他にはどこだ？……そうだ増上寺も範疇に入るだろうな」

「はい」

「いや、道中、坂を登ったと言ったな」

「はい」

「すると、横堀と増上寺は違うな……まっ、そういうふうに詰めていけば、たどり着けるかもしれぬよ」

「求馬様……」

千鶴は俄に興奮していた。

求馬の言う通りだと思った。

目隠しをされていたとはいえ、連れて行かれた先は、坂を登ったうえに、更に徒歩で石段を登った町家だった。

そしてその町家で聞いた琵琶の音……。

千鶴は目をつむって、思い出してみた。

「私が聞いた鐘は……そう、いつも、どこか遠くの鐘が鳴って、それから鳴り始めました」

「すると、遠くから聞こえてきた鐘というのは、捨て鐘かな」

捨て鐘とは、四ツなら四ツの鐘を打つ前に、これから時の鐘を打つぞと前もって知らせる鐘のことをいう。

捨て鐘は三つ、だいたい、一つ目は長く、次の二つは短かった。

人々はその捨て鐘を聞いて、本番の時の鐘を数えたのであった。

「そうです、捨て鐘ですあれは」

「千鶴殿が連れていかれた場所は、どこかの捨て鐘も聞こえる場所ということだな。容易に特定できる保証はないが、調べないよりはいい、やってみよう」

求馬は言い、腰を上げた。

その時だった。お竹が走って来て言った。

「千鶴先生、酔楽先生が明日出向いてきてほしいと、ただいま使いの方がみえました」

「おっ、来たな」

酔楽は布団から体を起こすと、千鶴に笑みを送ってきたが、すぐに咳き込んだ。

「おじさま……おじさまがご病気だなんて、びっくり致しました」

「何、医者の不養生という奴だ。春の宵に誘われてその縁側で酒を飲み、酔いつぶれてしまったようじゃ。朝方気がついたら、ほれこの通り」

冗談を飛ばすが、また咳をする。

「お休み下さいませ。その方がわたくしも安心です」

「なんのこれしき」

「お薬は飲みましたか」

「薬……わしの薬は酒じゃ。腹が痛くとも酒、頭が痛くとも酒、むろん風邪など酒を飲めばたちどころじゃ」

「またそのような……わたくしが来たからには、ちゃんとお薬を飲んで頂きますから。いうことをきかないと帰りますよ」

「はっはっはっ、そなたの薬ならば飲まずとも効いておる」

酔楽は大口をあけて笑った。

「せ、先生、どうしやした」

突然裏庭の方から、見知らぬ男が走って来た。だがすぐに千鶴を見て、

「こりゃどうも、お客さんでしたか」

男はぺこりと頭を下げた。

だがその人相の悪いこと、まっとうな暮らしをしている者でないことはすぐに分かった。

男は、精一杯の笑みを湛えて、千鶴に言った。

「いえね、うんうんうなっていた先生が、急に大声だして。それであっしは、気でもふれたんじゃねえかと存じましてね」

「五郎政《ごろまさ》、何を馬鹿なことを言っているのだ。減らず口叩く暇があったら、しっかり薪を割れ」

酔楽が怒鳴った。まるでやくざの親分のようである。

「へい、先生、風呂場の前のは全部割りやした」

「洗濯は……わしの下帯がたまっていた筈じゃ」

「へい、それも済ませやした。この天気ですから、すぐに乾きますぜ」

五郎政は、晴れた空を見上げて言った。

「お前、飯は炊けるな」

「へい」

「そうか、じゃ、飯を炊いてくれ。可愛い娘の顔を見たら、腹がすいた」

「承知しやした。それじゃあ」

五郎政は千鶴にもぺこりと頭を下げて、また向こうにすっとんで行った。

「おじさま、あの人は？」

「あれか、あれはやくざだな」

「やくざ……」

やっぱりと思いながら、驚いた顔で酔楽を見ると、

「どうにもならぬあぶれ者だ。博打に負けてすってんてんになり、喧嘩のあげくの怪我を治療してやったのだが、治療代などある筈がない。博打場に借りもあるらしい。そういうことなら、しばらくうちの下男をやってみろと、まあそういうわけだ」

「そんなことだろうと思っていました」

「これも人助けだ。あれも喜んでやっとるよ。働きによっちゃあ博打の借金も多少用だててやってもいいと言ってやったのだ」

酔楽はこともなげに言ってのけた。

――おじさま、そんなことではご自分の暮らしが立ちゆかないのではありませんか。

千鶴はそう言いたいのを我慢して苦笑すると、

「そなたの言いたいことはわかっておる。だがな千鶴、お前には黙っていたが、わしは今、天下の将軍家斉《いえなり》様に妙薬を差し上げておるのじゃ」

「おじさま、冗談もいい加減にして下さいませ」

千鶴が睨むと、

「嘘じゃない。そなたは顔をしかめるかもしれんが、医者も頭を使えば金になるぞ」

酔楽は得たりという顔をした。

半信半疑で見た千鶴に、酔楽はいたずらっこのような顔をして言った。

「昔の仲間で奥医師になっている者がいてな、そやつと酒を飲んでいた時に、むこうから聞いてきたのだ。おぬしは噂に聞いたところによれば、下妻大和守直久《しもつまやまとのかみなおひさ》様に妙薬を調合して子宝に恵まれたと聞くが本当かとな」

「下妻様……」

「先の大目付だ。旗本五千石、奴もわしの飲み友達だ。長年子宝に恵まれずなんとかならぬかとある時相談を持ちかけてきたから、ちょいちょいと思いつくまま調合して渡してやったのだ。これは特別に調合した強壮強精剤の秘薬だといってな」

「まあ」

「そしたら、なんとなんと、齢《よわい》五十にして男子が誕生したというわけだ」

「いったい何を用いたのですか」

「海狗腎《かいくじん》にな、人参と淫羊藿《いんようかく》、反鼻《はんぴ》などまあいろいろ適当に混ぜ合わせたものだ」

酔楽はにやりと、顎を撫でながら言った。

海狗腎とは、膃肭臍《おっとせい》の陰茎と睾丸を乾燥したものを言い、淫羊藿とは碇草《いかりそう》の別名である。そして反鼻とはまむしを乾燥したものをいう。

千鶴は苦笑した。

医者とはいえ独り身の千鶴には、聞くには少々恥ずかしい話だった。

「その顔はなんんだ。まんざら効かぬこともない筈だ。お前も知っている通り精力の強い者を差して『腎張《じんばり》はおっとせい程つれ歩き』と言われているだろ。膃肭臍は三十頭もの雌を引き連れている程の絶倫を有する海獣だ。淫羊藿については中国の昔話にも、杖をついた老人がある日、牡羊が食していた草を食べたら、たちまち元気になって杖をほうり出して家に駆け戻ったとある」

酔楽は、楽しそうに話を継いだ。

大目付の下妻に子が出来たと聞いた家斉が、ぜひとも欲しいと言い出して、奥医師の酔楽の友人を呼んで告げたのだという。すぐにその者に薬を納めさせよと――。

家斉の側妻は御子を産んだ者だけでも十七人、その他、御子の産まれていない者も含めれば、何人いるか酔楽などには見当もつかぬ話だが、近頃はさすがに寄る年波には勝てず、手当たり次第に秘薬を求めていると聞く。

下妻の話は、そんな時に耳に入ったようだった。

「そういうことだ。それで月に二度、秘薬をお渡ししているのだが、その金だけで寝て暮らせる」

「……」

「疑っているのだな。本当に効くものかどうか」

酔楽はにやりと笑った。

「なあに、病は気からというだろう。本当のところは効くかどうか分からんが、肝心なのは効くと信じるその心だ」

「……」

「下妻にしたって子に恵まれたのは、わしの薬のおかげなどではない。下妻は子種の無かったのがわしの薬で救われたと思っているらしいが、子種と強精とは別のものだ。たまたまこれまで間が悪かったというだけのことだったのだ」

「まったく、おじさまったら」

呆れ顔の千鶴は、きっと酔楽を睨んで見せた。

「いいんだ、いいんだ、家斉公にしたって、もう子はいらぬよ。五十人近くおられるのだからな。ただ元気が欲しいだけじゃからな。世にも稀なる妙薬だと信じこんで飲むその気の昂揚が欲しいのじゃろうて……まっ、そういうことでな、話は逸れたが、今日そなたに来て貰ったのは、その下妻という男の屋敷に往診に行ってほしいのだ」

「わたくしが、ですか」

「そうじゃ。下妻の子は今年で三歳になる。腹をこわしているようじゃ。いつものことで過保護にしすぎて騒ぎすぎるきらいがある。といっても行ってやらねばならぬ。さほどのこともあるまいと思うのだが、わしが風邪でもうつしたら、どうなることやら……どうだ、頼めぬか」

酔楽は、はじめて神妙な顔を見せた。

「そういうことでしたら……」

「礼はたっぷり貰うがいいぞ。奴は先頃まで大目付だったからな、金はある。遠慮することはない、貰えるところからはたっぷり貰うのじゃ」

酔楽はそう言うと、目を細めて千鶴を見た。

上は将軍から下は町のあぶれ者まで……鯨のような大物から、イワシのような雑魚《ざこ》まで共棲する海のような酔楽の懐の深さには、千鶴はやはり度肝を抜かれ、そして感心させられるばかりであった。

三

下妻直久の屋敷は、市ヶ谷の浄瑠璃坂を登り切ったところにあった。東に拂《はらい》方《かた》町、北に御納戸町、そして西南はずっと武家屋敷が並んでいた。

下妻の屋敷はこの辺りでは、それとわかる広大な敷地に上級旗本としての威厳を保っていた。

千鶴は酔楽の住家からまっすぐ下妻家にやってきた。

薬は酔楽がいままで処方していた物を箱におさめていた。

下妻家から酔薬往診の依頼があってから丸一日が経っているらしい。千鶴は子息の容体を案じていたが、酔楽は医者が顔を出しさえすれば治るようなものかもしれぬなどと笑っていた。

はたして、通された座敷で見たものは、下妻が馬になって子息の光之助を乗せ、奥の女中たちがやんややんやと手を打って囃し立て、子煩悩というよりも親ばか丸出しのひとときを過ごしているところであった。

「はいはい、どうどう」

光之助が可愛らしい声を発して下妻の尻を叩くと、年老いた下妻が嬉しそうな馬の鳴き声をあげ、黒々とした眉をひくひく動かして這い這いをするのである。

酔楽から聞いた話では、極めつけは、光之助という名のその子を、『ひかるの若様』と呼ばせているらしいことで、親ばかは相当なものと見受けられた。

千鶴が光之助の脈をとり、腹の様子も触診して健康を確かめたのち、幼い子によくある一時の便通の支障だったのではないかと伝え、暖かくなったからといってお腹をひやさないように助言すると、下妻とその奥方は、さすがに安堵したようだった。

「いやいや、酔楽に使いをやってまもなくじゃな、腹がおさまったのは……」

下妻は、側に座した奥方に念を押した。

「まっ、奴が現れればそれはそれ、久し振りに一献と思ったのじゃが、風邪とはのう……大なまずも風邪を引くか……」

下妻は、楽しそうに笑った。

「よろしくと、申しておりました」

さすがの千鶴も畏まって応える。

「何、ひかるも酔楽自慢の先生に診てもらって安心というものじゃ」

下妻は光之助を女中たちに引き取らせると、脇息にもたれて、くつろいだ穏やかな笑みをみせた。

下妻は五十を越しているし、見たところ奥方も四十路の様子、子が出来て手放しで喜ぶのも分かるような気がした。

「しかし、酔楽の薬を馬鹿にしておったが、あの妙薬の効き目をみて見直したぞ。のう、奥……」

下妻は、恥ずかしそうに俯く奥方を見て、くすくす笑った。

とにかく下妻は上機嫌で、よくしゃべった。

子も生まれず政務に忙殺されて一生を送らねばならないのかと失望していたが、子は生まれるし、うまい具合に職務も解けて、今は心弾む平穏な毎日だなどと言う。

「役目とはいえ大目付となれば、肩の凝る職務でな。大名たちの監視はともかく、わしは道中御奉行も兼務しておったゆえ、骨が折れた。政治に人情は禁物だ、冷静に公正になにごとも処断していかなければならず、結果として非情な処断を生むこともあった。わしを恨んでいる者もおるやもしれぬ。これからは子の養育と老後を楽しもうと心の弾む毎日だ」

下妻は笑った。

「若様とお遊びをなさっている殿様を拝見しておりますと、とても誰かに恨まれているなどという話は、想像がつきません」

千鶴はお上手を言った。すると、黙ってほほ笑んでいた奥方が、

「いいえ、殿の申されることも、ただの杞憂とはいえません。先頃もちょっとした騒ぎがございまして」

ぽろりと言った。

「これ、ひかえなさい」

下妻が制するが、

「よろしいではございませんか、酔楽先生の娘御も同然の千鶴殿です。ねえ」

奥方は千鶴の同意を得るようににこりとして頷くと、すぐに真顔になって、
一昨昨日《さきおととい》とても恐ろしいことがあったのだと言った。

奥方の話によれば、ここ数日家の周りを不審な武士が数人見張っているようだと家臣が報告してきた。

予《かね》てより、以前の職務が職務であっただけに警戒の念を抱いていた下妻は、知り合いの剣術道場から腕に覚えのある武士十名ほどを客人として呼んだのであった。

案の定、当夜のこと、五人の覆面の武士が侵入してきた。

だが、待ち受けていた手練《てだれ》の者たちに敵うはずもなく、五人の覆面の武士たちは退散したが、そのうちの一人は、肩にかなりの傷を負った筈だと言うのであった。

千鶴は顔の強張るのが自分でも分かった。

「それは、一昨昨日のことでございますか」

まさかとは思うが、自分が手当てをした武家も、肩の傷だった。

「みなさい、びっくりしているではないか。何、もう案じることもあるまいて」

下妻は妻を制し、千鶴には以後は屋敷の警護を固めているから案ずることはないのだと苦笑した。

下妻は千鶴の驚きが、女の身で賊の襲撃などという物騒な話を聞かされたための、ただの驚きだと思っているようだ。

「酔楽殿にはよしなにな……」

干菓子を頂き茶を飲み干して、屋敷を下がる挨拶をした千鶴に下妻は言った。

女中に送られて玄関まで出てくると、下妻家の女駕籠が玄関先に横づけにされていた。

送って来た女中を振り返ると、

「奥方様のお志です。どうぞご遠慮なくお使い下さいませ」

と言う。

「重ね重ねご丁寧に……」

千鶴は謝意を述べ、駕籠に乗り込んだ。

時の鐘が遠くから聞こえて来た。

続いて間近で捨て鐘が打ち始められた。

聞き覚えのある鐘だった。

「もし……あの鐘は……」

駕籠から見上げて女中に聞くと、

「七ツの鐘かと存じます」

「いえ、そうではなくて、どちらで撞いているのでしょうか」

「八幡宮でございます」

「八幡宮に時の鐘があったのですか」

千鶴は驚いて鐘の聞こえてくる方角の空を見上げた。

「千鶴殿、この先が市ヶ谷の八幡宮だ」

求馬は、市谷御門の前にある細長い八幡町に入ると、その奥に見えてきた総門を指して言い、

「あなたは八幡宮の中にある茶屋で待っていて下さい」

と、千鶴の先に立ってぐんぐん歩いた。

八幡宮は総門を入ると、真ん中を男坂が、左側を女坂が上に向かって伸びている。

男坂は手前から三つあって、一つの階段を登るとちょっとした踊り場があり、次の階段を登るようになっていた。

二つ目の階段を登ったところ、左手には稲荷、右側には別当東圓寺があり、三つ目の階段を登ったところに、大きな拝殿があったが、鐘撞堂はこの広場の、つまり階段を登りつめたところにある鳥居の右手側にあった。

境内には人出も多く、腰かけ茶屋や芝居小屋まで建っている。

「では……」

千鶴は鐘楼の前で求馬と別れて鐘楼の側の茶屋に入った。

昨日千鶴は、この八幡の鐘を聞きながら下妻家が用意してくれた駕籠で治療院に帰っている。

下妻屋敷からの帰路は市谷御門前を貫く堀端通りに出たが、その途中に浄瑠璃坂がある。駕籠は当然浄瑠璃坂を下りたわけだが、目隠しをされて、ああ、坂を登っていると感じたあの坂はこの浄瑠璃坂だったのだろうかと記憶をたどってみたのだが、違う気がした。浄瑠璃坂の方がずっと長いと思った。

しかしいずれにしても、八幡宮の鐘を近辺に聞ける場所であることは間違いなかった。

千鶴はすぐにも駕籠を下りて、この八幡宮に立ち寄ってみようかとも思ったが、駕籠は下妻家が用意してくれたものであり、またぐずぐずしていたら帰宅した時には日が暮れていると思えば、寄り道は出来なかったのである。

ところが帰宅してみると、求馬が来ていて、鐘撞きについて少々話したいことがあるのだと言った。

そこで千鶴が、今日往診した屋敷で聞いた鐘に覚えがあり、それが八幡宮の時の鐘だと教えられたと話をすると、

「それだ、千鶴殿。つてを頼って本石町の鐘撞き人を紹介して貰い、その者に、府内に何箇所の鐘撞堂があるか尋ねたところ、市ヶ谷の八幡で数年前から鐘を撞くようになったというのだ」

「市ヶ谷の八幡宮……」

「そうだ。昔、元禄の頃は鐘を撞いていたらしいが、享保年間から寛保年間までの二十年ほどと、宝暦年間からこちら約五十年間は鐘は撞かれていなかった。ところが、つい先年、尾張様が鐘撞堂を寄進されたことで、また撞くことになったとな……」

「……」

「市ヶ谷辺りならば、坂も多い。どの坂を登ったのか、また、八幡の鐘は、どの方向から聞こえてきたのか、それを特定すればおおよその見当はつくと思ったのだ」

「もう一度行ってみます、あの辺りに……」

「俺も行こう」

求馬は即座に言った。

それでこの八幡を訪ねてきたのだ。

千鶴が茶を一服している間に、求馬は若い男を伴って戻って来た。

「千鶴殿、この者はそこの鐘を撞くお役目の者だそうだ。佐之助という」

求馬が紹介すると、男は千鶴に頭を下げ、

「こちらのお武家様からお話は伺いましたが、あなた様がどの辺りでここの鐘をお聞きになったのか、坂もたくさんございますから、私にはそこのところはよく分かりませんが、あなた様がお聞きになった捨て鐘の音は、寛永寺の物です」

「寛永寺ですか」

「はい。府内でもこれからお話しします四か所は、決まりがございまして……四か所というのは寛永寺、そしてこの八幡、成満寺、芝の増上寺のことを申しますが、まず寛永寺が時の鐘の捨て鐘を三つ打ったところで、この八幡が捨て鐘を打ち始めます。この八幡の捨て鐘を三つ聞いたところで成満寺が……そして最後に増上寺内にある芝の切通しの鐘で締めくくって終わりです。まわりの府内にある鐘は、この一連の流れを受けて撞くことになっております」

寛永寺と増上寺は幕府の菩提寺、ともに歴代の将軍が葬られており、両寺とも複数の時計を設置して正確な時の鐘を撞くように定められているのだというのであった。

撞く鐘の長さも、捨て鐘の第一打と刻の数の第一打は長いが、二つを比べれば、刻を告げる第一打の方がはるかに長く、それだけに撞く力の入れ方、間の置き方にも神経を配っているのだと――。

むろん季節によるずれの調整もなされてのことで、それだけに四つの寺の順番はきびしく守られねばならず、府内で第一打を撞く寛永寺の捨て鐘を受けて次の鐘を撞きはじめるのは、この八幡の鐘をおいて他にないのだと、鐘撞き人は丁寧に説明してくれた。

城下の北と南を守る拠点としての二つの寺の、その直線上にあるという八幡の鐘の重み、それに携わっている自負が鐘撞き人にはみえた。

「あの夜、あなたが連れていかれた場所が、ここからそう遠くないところにあることだけは間違いないようだ」

と求馬は言った。

だがそれは、下妻屋敷も、遠くない場所だということになる。

「求馬様……」

千鶴はきらりと求馬を見た。

「後は琵琶と坂道だな」

求馬が呟いた。

いずれもそれが特定できれば、今度はあの若者たちが、下妻家を襲った者たちなのかどうかという話になる。

千鶴は拐かしまがいの乱暴な手口に訴えたとはいえ、武士としてのぎりぎりの礼節をわきまえて接してくれた三人の振る舞いを思い起こしていた。

あの男たちだからこそ、一度失敗したからといって諦めるようなことはない、そんな気がするのだった。

四

「これはあくまで、わたくしの憶測でございますので、不確かな調べのうちに下妻様にはお知らせするのもどうかと存じまして……ただ、おじさまだけには知って頂いておいた方がよいかと……」

千鶴は、渋い顔をして布団の上にあぐらをかいて座っている酔楽の顔を見た。

「当たり前だ」

酔楽は、大口を開けて怒鳴った。

「下妻の話がなくてもだ。なぜ黙っていた」

「申し訳ありません」

「謝ってすむことじゃないぞ。わしはお前のそういう殊勝ぶりが気に食わん。ごほごほ……」

酔楽は風邪の具合もずいぶんと良くなってはいたが、まだ声を荒げたりすると、咳が出た。

「おじさま、落ち着いて……」

「これが落ち着いていられるか」

酔楽はぎろりと睨むと体を後ろによじって、枕元に置いてあるとっくりをつかむとがぶりと飲んだ。

「おじさま！」

「うるさいわい……いいか千鶴、お前はわしの刎頸の友の娘だ。だが奴が死んでからは、俺はお前を娘だと思ってきた。ところがお前はどうだ。危難に遭いながらわしには何も知らせぬ……ん、そうではないか」

「……」

「お前にもしものことがあってみろ。わしはあの世に行って奴になんと言い訳をする……ごほごほ、ごほごほ」

興奮のあまり、酔楽は腰を海老のように折って咳き込んだ。

「おじさま……」

千鶴は駆け寄って、酔楽の背を撫でる。撫でながら泣きだしそうな声を出した。

「わたくしが悪うございました。お許し下さいませ」

すると、酔楽の咳が止まった。

ゆっくりと体を起こすと、苦笑して、

「仕方がない。こたびは許してやるか」

「困ったひと……」

千鶴は苦笑して、酔楽の背をぽんと叩いた。

「よし。お前をそんな目に遭わせた卑劣な奴等の正体をあばいてやるぞ。しかし、それにしても、数ある医者のなかでなぜお前に白羽の矢をたてたんだ……」

「わたくしもそれを考えておりました」

「お前の腕を買ってのことには違いないだろうが、遠いところから駕籠までしたてて迎えに来たのだ……お前のことを誰から聞いたのか……まさかお前から治療を受けたことのある人物ということはないだろうから、考えられるのは、お前から治療を受けたことのある人物からお前の噂を聞いていた者、そういうことだろうとわしは思うが……」

「恐れ入りました。おっしゃる通りです。当たってみます」

千鶴は、自分の頭の中では、そんな推測がすっぽり抜け落ちていたことに気づいたのである。

改めて酔楽の頭の回転に敬意を表するのであった。

「下妻の屋敷を中心にして、近辺の町をあたってみることだ」

「やはりおじさまも、下妻様を襲った賊と、わたくしを連れに来た者たちは同一人物とお考えなのですね」

「鐘の話を聞いてそう思ったのだ。そんな深手を負った者がそう遠くには逃げられぬからな」

「はい」

「まっ、下妻のこともある。ここだと思う所に行き当たったら、必ずわしに連絡して来るように……いいな」

千鶴は酔楽に念を押されて部屋を辞した。

玄関を出て檜肌葺《ひわだぶき》の木戸門に向かっていると、

「若先生……」

後ろから呼び止められた。

勝手口の方から、襷をかけて裾をはしょったやくざの五郎政が走って来た。

「若先生ってわたくしのこと?」

「へい。親分が大先生なら、お嬢様は若先生でござんしょ」

「親分……」

あきれ顔で千鶴が見ると、

「あっしにとっちゃあ、酔楽先生は親分でございやすから」

　この家は、どうなってるのだろうかと苦笑して、

「で、わたくしに何のご用でしょうか」

「悪い野郎に狙われているようですから、なんなら、あっしがお供しやす」

　五郎政はちょいと襟に手をやって、イキがってみせた。

「いいえ、結構です。大丈夫ですから」

「ですが若先生、若先生にもしものことがあった日にゃあ、大先生は生きてはいけやせんや。あっしがこんなことを申し上げるのもなんでございやすが、大先生は日ごと若先生のことを思っていらっしゃいます。男を元気にする秘薬ってやつも結構な収入になるようですが、大先生はその金をためて、若先生が誰かのお嫁さんになる時に渡すのだと……」

「まあ……」

「わしも金儲けは下手だが、千鶴はもっと下手だとおっしゃって」

「おじさまがそんなことを……」

「へい。泣かせるじゃござんせんか。いえね、親分はあっしのような者にだって、よおく心配りしてくれるんでございやすよ。ですからあっしは、親分のため

だったら、いつでも命を張れます。一宿一飯の恩義どころじゃあねえ、ふけえ恩を頂いておりやすから……若先生もどうかあっしを子分だと思いやして、何でも申しつけてやって下さいやし」

五郎政は大真面目な顔をして言うのだった。

「五郎政さん」

「へい」

「お気持ちは有り難いのですが、わたくしのことより、おじさまのお世話をよろしくお願いします。わたくしもおじさまの前では恥ずかしくて申し上げなかったのですが、本当の父のように思っているのですから……」

「くー……。あの大先生にしてこの若先生あり……分かりやした。おっしゃる通りに致しやす。どうぞ、お気をつけなすって……」

五郎政はちんと鼻を嚙むと、ぺこりと頭を下げて見送った。

「先生……千鶴先生、もう一度おっしゃって下さいまし」

おたかは、話がよく飲み込めなかったらしく、膝に抱いていた猫を下ろすと、千鶴と求馬を交互に見た。

千鶴と求馬は縁側に腰をかけ、おたかは廊下に座って二人に茶を出して座ったところだった。

こぢんまりした仕舞屋《しもたや》だが、大店の商人の妾をしているおたかの暮らしは豊かなようで、小さな庭でも心の行き届いた手入れに見てとれる。

そのおたかが、千鶴の治療院の患者の一人で、しかも市ヶ谷の船河原町に住んでいると調べてくれたのは、お道だった。

往診に出かける先は千鶴もよく把握しているのだが、外来の患者については治療控えに住所は控えているものの、それが頭に入っているわけではない。年々歳々増える患者に、近頃ではさばき切れなくなって、弟子を増やそうかと考えているくらいである。

おたかは昨年の夏に、両国の芝居小屋からの帰り腹痛を起こして治療院に運ばれて来た患者であった。

どうやら芝居小屋で食した弁当があたったようで、千鶴は胃の中の物を吐かせると翌日まで治療院に泊め、駕籠で帰宅させたのであった。

以後おたかは、どこか具合が悪くなると、駕籠を走らせて藍染屋敷までやって来ていた。

他にも千鶴の患者は、お道の調べでは、牛込、市ヶ谷あたりに四、五人はいたが、求馬に同道してもらって順々に話を聞いて最後にたどりついたのが、このおたかの家だった。

「ですから、私が藍染橋の袂で治療院をしていることを、どこか坂の先にある石段を登った家の人に、紹介して下さったのかと、それをお聞きしているのです」

「ああ……」

おたかは、すっとんきょうな声を上げると、

「言いました。話しましたよ」

と言う。

「教えて頂けませんか」

「あの、何か、いけないことをしたのでしょうか」

おたかは、怪訝な声を上げた。

「いや、そうではないが、ちと気にかかることがあってな。お前が気にすることではないのだ」

求馬が側から説明した。

「実は、私の師匠にね……お花の先生なんですが、お美根《みね》様とおっしゃる方で、

お武家の出の方ですが、その方に先生のことを話しました」

　千鶴は、唾を飲み込んだ。

　求馬と見合って、またおたかに目を戻すと、

「その先生が、いつだったか、癪がとまらなくって、近くのお医者に行ったんだけど、ちっともよくならない。お江戸は広いといえども、ろくなお医者がいないのね、なんておっしゃったものですから、そんなことはない。私が駕籠を飛ばして行く先生は、とても腕のいい先生で、腹痛だって怪我だって、ちょいちょいと治してくれますよって……」

　おたかは首をすくめて、済まなさそうな顔をした。

「武家の出ということだが、どちらの藩か」

　求馬が聞く。

「それは聞いてはおりません」

「場所はどこだ」

「はい。そこの逢坂を登りますと富士見馬場の道に出ます。突き当たりに拂方町があります が、富士見馬場を突き当たった所に、長い石段があります。その石段の上にあるお家です」

「求馬様……」

千鶴は、解けなかった和算を解いた時のような気持ちで、求馬を見た。

拂方町は、下妻の屋敷とは目と鼻の先にあった。

「それと、もう一つ、これはおたかさんが知っているかどうか、その先生の家で、琵琶の音を聞いたことがありますか」

千鶴は念の為に聞いた。

「ええ、ありますよ。石段の下の仕舞屋に琵琶の先生が住んでいるとかで、二日に一度、お弟子さんがやって来て、へたな音を出して、お花がうまく生けられない時にはいらいらします」

「おたかさん……ありがとう、助かりました」

千鶴は、おたかに礼を述べると、その足で船河原町の北側に西に向かってのびている逢坂の下に立った。

「これが逢坂か……」

求馬が言った。

千鶴は求馬と一緒に逢坂を登りながら、あの夜、斜めに傾いた駕籠の中で体が浮いたときの感じを思い出していた。

その時の傾斜と坂の長さがぴったりだった。

逢坂を登り切ると、今度は富士見馬場を抜け、突き当たりの石段の下に立った時には、さすがに緊張して息を整えた。

目の前に、あの石段が現れたのである。石段の上には仕舞屋があった。

「登ってみよう」

求馬に促されて、一段一段登って行くその足の感触は、まぎれもなくあの時の、でこぼこの石段を踏み締めた感触だった。

中程まで登った時、

「鐘だ……」

求馬が北の方を向いた。

それは遠い鐘だった。

「寛永寺の鐘だな」

求馬が呟く。

長く一つ、短く二つの遠い鐘が終わると、今度はすぐに南の方から鐘の音が大きな音を送って来た。

「八幡の鐘だ」

求馬が確かめるように言う。

二人は見合うと、息を殺して黙然として登った。

登り切ったところに、ひっそりと仕舞屋がたたずんでいる。求馬は千鶴に頷くと、

「ごめん」

おとないを入れて格子戸を開けた。

「はい……」

すずやかな声がして、美しい女が出てきたが、求馬の後ろに立っている千鶴を見て、息を飲んだ。

「お美根さんだな、上がらせてもらうぞ」

「どちら様でございましょうか、見知らぬ方に……」

美根が言い終わらぬ前に求馬が言った。

「見知らぬはなかろう、この家に怪我人がいるのは分かっているのだ。この先生を無理矢理連れて来て治療させた怪我人だ」

「そのような者はおりません」

美根は、きっぱりと言ったが声は小さく震えていた。

「お美根さんでしょ。わたくしを覚えていてくれたのではありませんか。もっともわたくしは、あなたとお顔を合わすことはありませんでしたが、今石段を登ってきて、間違いなくわたくしが連れてこられたのはここだったと確信いたしました。でもわたくしは恨みごとをいいに参ったのではありません。怪我人の傷が医者として気になって参ったのです」

「何かの勘違いかと存じます。どうぞ、お引き取り下さいませ」

言った美根が息を呑んだ。

求馬が強引に上がったのである。

呆然とする美根を押し退けて、求馬は中に入っていった。

千鶴も一礼して中に入る。

だが、座敷の戸を開けて千鶴は立ち尽くした。

そこには、千鶴が手術を施したあの若者が、半身を起こしてこちらをにらみ据えていたのである。

若者には玄関でのやりとりが、全て耳に達していたようだった。

「どういうことだ。説明してもらおうか」

求馬が後ろの美根を振り返った時、美根が叫んだ。

「順之助《じゅんのすけ》、お止めなさい」

順之助と呼ばれた若者が、床の間の刀に飛びついたのである。

「止めろ」

一瞬早く、求馬が床の間の刀を取り上げて、その刀のこじりで順之助が伸ばした手の甲を打った。

「うっ……」

唇を噛んで手をついた順之助に、求馬が言った。

「おぬしが仲間と共に先の大目付下妻様の屋敷に徒党を組んで押し入ったことは明白、見た者がいたのを知らぬようだな」

求馬はカマをかけた。

「ああ……」

順之助は打たれた拳を空しく握りしめ、悲痛の声を上げて突っ伏した。

まだ年若い青年の狼狽が見てとれた。

「落ち着け。俺たちは役人でもなんでもない。お前たちの行いをどうこうしようというのではない」

「どうかお許しを……この者はわたくしの弟でございます。弟たちが下妻様を襲ったのにはそれなりの理由があったのです」

美根は、へなへなとそこに座った。

「姉上……」

順之助が悲痛な声を上げた。

五

――件《くだん》の怪我人は拂方町にて養生仕り候、即ご来仰を乞――。

千鶴が発した急使を受けて、酔楽が駕籠を飛ばしてやって来たのは、千鶴が順之助の傷の手当てを終えてまもなくだった。

傷は肉がうまい具合にくっついていて、周りの炎症も最小限度のもので、あと二、三日で縫った糸を取れば、安心して平常の生活ができると千鶴は胸を撫で下ろした。

ただ順之助が、素直に傷の手当てをさせるまでには四半刻ほどの時間を要した。

もはや自分の命を絶つほかないなどと興奮して、それを制するのに時間がかかっている。

「あなたが命を絶てば、国に一人残っている母上がなんとお嘆きになられるか。勝手なことはこの姉が許しません」

美根の涙ながらの説得で、順之助はようやく千鶴に体を預けたのであった。

酔楽も入って来るなり、順之助の傷口を見て、

「順調に快復しているようじゃな。しかし、見事な処置じゃ」

医者らしく感心して、順之助と美根を交互に見ると、

「この千鶴先生でなく、別の藪医者なら命は落としていたやもしれぬぞ」

静かに言った。

美根は頭を下げた。だが順之助は黙然として、まだ心の迷いを顔色に見せ、素直に頭を下げた姉の美根の背に咎めるような視線を投げた。

「おじさま、こちらが古田順之助様、そしてこちらが姉上様のお美根様です」

千鶴は二人を酔楽に紹介し、国は出羽国本山藩二万五千石だと告げた。

「ほう、本山藩か……」

酔楽はじろりと順之助の顔を見た。

「藩主は土屋《つちや》紀《き》伊《い》守《のかみ》信輔《のぶすけ》殿だな」

酔楽が念を押すように言うと、順之助の顔にさっと血の色が走った。

「しかし、何ゆえだ。何ゆえあって下妻殿を襲った。下妻殿が大目付をしていたからか？……しかし、下妻殿が襲われるような何をしたと言うのだ。まさか本山藩主自らのお指図ではあるまいな」

酔楽は、次々と厳しい質問を浴びせかけた。

千鶴は酔楽が登場するまでに、酔楽というお人は下妻とは友人の関係で、自分にとっては父も同然の人だと告げてあった。

それもあってか美根は、ことここに及んではすっかり覚悟を決めたようだった。

渋る弟に向かって言った。

「順之助、この方たちを信用してお話ししなさい。わたくしはね、あなたのお仲間がこちらにいらっしゃる千鶴先生を、人さらいのような真似をして連れてきたにも関わらず、先生はお医者として、本当に心を尽くして下さったことを忘れてはおりませんよ。あなただって一睡もせずに、あなたの容体を見守り続けて下さった先生のことを、忘れたわけではないでしょう」

順之助の表情が動いた。

緊迫した顔に、恥じ入るような表情が駆け抜けた。

美根は、弟の順之助を見詰めながら説得を続けたのである。

「この姉はあの晩、隣の部屋で千鶴様に手を合わせておりました。この上は酔楽様に藩の難儀をお伝えして、大和守様のご裁断が間違っていたのかどうか、改めて検証していただくのもいいではありませんか。今更……今更ですが、闇雲に暴挙に訴えても、どうにもなるものではないではありませんか。大和守様のご裁断がまこと間違っていたとなれば、いずれ、幕閣の皆様方もご再考下さるはず。暴挙がばれて、更なるお仕置を下されることになったらどうします。傷口を広げるだけで、いいえ、藩の存亡にかかわります。あなたが話せないというのなら、この姉がお話しして酔楽先生にお助けを乞いたいと思います」

「姉上……」

順之助は苦しそうな声を出した。

顔を上げて、千鶴を、そして求馬を見たあと、酔楽に首を回した。

そして、

「同志の名は申し上げられませんが、なぜ私がここにいるのかをお話し致します」

きっぱりと言った。何かをふっきって、覚悟を決めた瞬間だった。

「うむ……」

酔楽は目をつむって腕を組んだ。

さあこい、何でも受けてやる。そんな気概が見えた。

「ご存じかどうか……われらが本山藩は先年、石高五万石を二万五千石に減封され、そればかりか、元よりあった土地の三分の一を幕府に取り上げられてしまいました。私の父古田作左衛門を含め、村方に携わっていた者は、その原因が自身の失態だと苦しみ、切腹して果てました。多くの百姓が一揆を起こそうとしたからです。しかし土屋の殿様はその罪を許すと、倅の私どもに言って下さいました。とはいえ、藩は減封の上領地も取り上げられました。藩士はみな家禄を半分に減らされました。五万石が二万五千石になったのですから当然ですが、もともと小禄だった者は、以後食うや食わずの生活を送っております。土屋の殿様が温情熱きお方ゆえ、皆浪人にならなくて済みましたが、しかし、このような事態になりましたのは、全て当時大目付だった下妻大和守様の裁断がそうさせたもの、村方の仕事に携わり、枕を並べて討ち死にした父を持つわれら同志は、針の筵に座るがごとし、大和守様に一矢報いずば申し訳がたたず、それで藩を密かに出奔し、こたびの襲撃となったのでございます」

「ふむ……姉を頼って、ここを拠点としたのだな」

「はい、われらは、大和守様の首を持って、先の裁定は間違いであったと訴えるつもりでございます。ですから、ここは目をつむって見過ごして頂きたいと存じます」

順之助は話し終えると、大きな息をついた。

酔楽が、ぎろりと目を開けて言った。

「見過ごすことはできぬな」

「酔楽殿」

「減封され領地を取り上げられても本山藩が残ったのは、誰のお陰か……土屋の殿様のお陰だなどとよくもまあ、そなたはそれを信じているらしいがの、わしが聞いた話は全く逆だ」

「何を申されますか」

「どうもこうもないわ。いいか古田殿。当時、わしが下妻から聞いた話をして進ぜよう。そなたの話に真実があるか、それともわしの話に真実があるか、それはわしの話を聞いてもらってからで結構……少なくともわしの話を聞けば、そなたの藩が憂き目にあったのは、下妻のせいではなくて、愚鈍で欲張りなそなたの藩主にあることが分かるというもの……」

　酔楽は、静かに語り始めた。

　二年前のこと、下妻は本山藩五万石、五十五カ村の代表と称する者二人から駕籠訴を受けた。

　駕籠訴が公になれば、その者たちは国に帰ってから処罰を受けると察した下妻は、密かに自邸に留め置き、二人から訴訟に至った詳細を聞いた。

　その者の言うには、藩は疲弊した領内の石高を上げるために、土見役という者を置いた。

　土見役とは、郷方のすみずみまで田地を調べ上げ、貢租の対象となる田畑を上に報告するお役目をいった。

　これは、本山藩に限らないが、農民は年々増える税のために塗炭の苦しみを強いられる。

　そこで、年貢が極端に低い新しい田畑をつくって、それで飢えをしのぐようになっていた。

　こういった年貢に関係ない田畑を見取田畑といい、年貢の対象になる田畑を本田畑という。

一概に年貢と言っても、その畑には等級があり、最上級とされる田と本来が年貢の対象とはなりえない見取畑や田の税は、雲泥の差があるのである。

つまり、本田畑は領主の経済を支え、見取田畑は農民の命を繋ぐものであった。

多くの藩主は、多額の借金を抱え込みながらも、最低限の農民の生活を維持するために、見取田畑を本田畑にするには、慎重の上にも慎重な調査を行い、農民とも協議した上で、見取田畑を本田畑に転向していくのだが、本山藩の藩主土屋紀伊守信輔はそうはしなかった。

元来の贅沢者で色好み、江戸での費用が足りないと国家老に申しつけて、調査も協議もなしに、あれよあれよという間に、三万石だった石高を勝手に五万石にしたのである。

同じ領地内でやることである。

増えた分は、みんな農民への加増した税だった。

飢えるものが年々増え、赤子の間引きに老人捨てが始まった。

俸禄が増えた武士は生活に余裕が出来ても、農村地帯は阿鼻叫喚の世界と化していったのである。

下妻に駕籠訴した報告は、そういう内容だったが、下妻自身も配下の者を本山藩に潜入させて調べ上げたところ、駕籠訴の内容には間違いがなかったことが判明した。

まともに上様に報告すれば、本山藩は断絶となる。町民農民の混乱を考えると胸が痛む。

そこで下妻がとった策は、当時もっとも村が疲弊していた十八ヵ村を幕領としてとりあげ、さらに石高を二万五千石としたのである。

「そういうことだ。藩を救ったのは下妻殿だ。そなたの藩主などではない」

「まさか……」

「まさかというなら、一度幕領となった村に立ち寄ってみるがよい。それとな順之助殿、そなたの父は村方だということだから、腹を切ったのは農民の窮状を救ってやれなかったからではないのか」

「……」

順之助は、下を向いて唇を噛んだ。

酔楽に指摘されてみると、思い当たる節があるようだった。

酔楽は話を続けた。

「いいかな。父親が村方ならば言わずもがなの話だが、武士が生活出来るのは誰のお陰か……」

「……」

「農民のお陰ではないのか」

「酔楽殿」

「農民の生活を第一と考えることこそ、名君。そうは思わぬか」

「……」

「若気の至りといえばそれまでだが、調べれば非は藩主にあったことは明々白々。それを、それでも藩を残してくれた下妻の命を狙うとは言語道断、藩主も藩主ならおまえたちもおまえたちだ。恥を知るがいい」

酔楽は最後はさすがに激しく指弾したが、しかしまもなく穏やかな口調で言った。

「あの男は……下妻のことだが、今は五十の坂を越えて、はじめて子宝に恵まれたと溺愛の日々じゃ。子の成長だけが生き甲斐の男じゃ。下妻が狙われたと聞いたわしは、奴に会ったが、その時奴は言っておったよ。『せめてわが子がもの心つくまでは生きていたい。それだけが望みだ。それを見届けたら命など惜しくない。わしを襲った者に会えたら、もう少し待ってくれないかと伝えたい』とな。この間の襲撃のことも、あえて公儀に届け出るつもりはないと言っておった。この世の中は、良いと思ってやったことも、一方ではそうは受け取って貰えぬのが常、分かる人に分かって貰えればそれでいいと……嘘はつかぬよ、下妻という男は……どうじゃな。一度国に帰って調べてみては……」

「……」

「本当に藩に尽くすというのならば、若い命は藩の再建に使うことだ。その傷の具合なら、二日もすれば糸が抜ける。生まれ変わったと思って、方々とともにやり直せ」

酔楽は、こんこんと順之助に、言い聞かせるのであった。

「千鶴殿、やはり市ヶ谷に参るのだな」

二日後の夕刻、順之助の傷の抜糸に向かおうと支度をしている千鶴のもとに、求馬がやって来た。

「順之助様はわたくしの患者です。途中で投げ出したりするわけには参りません」

「俺も行こう、あの後どうなったのか、酔楽先生も気になさっておられると思ってな」

「求馬様がご一緒ならば安心です。お道を連れて行くわけには参りませんし、帰りは夜になるでしょうから」

千鶴も本当は、順之助の傷より、そちらの方が気になっていた。

ところが、お道とお竹に家を頼み、千鶴が求馬と玄関に立った時、門前に町駕籠が止まった。美根が走り込んで来た。

「お美根殿、どうなされた」

「求馬様、弟を、順之助をお助け下さいませ。お仲間から呼び出しがございまして、順之助は出向く様子です。きっと殺されるに違いありません」

「何があったのだ。順を追って話してくれ」

「はい」

美根は、息を整えると、あの後、つまりこの二日の間にあった出来事を掻い摘んで告げた。

それによると、昨日のこと、下妻を襲った仲間四人が美根の家にやって来た。

順之助の傷を確かめ、次の襲撃を決めるためだった。

だが美根と順之助は、かわるがわる酔楽から聞いた話をして聞かせ、もう一度国に戻って真相を確かめるべきではないかと説得したのである。

「今更申すのもなんですが、弟は最初から下妻様の襲撃には懐疑的でした。ただ誘いを断れば卑怯者とののしられるのが怖いばかりに、年長の同志たちと行動を共にしてきたのです。ひょっとして非は藩主にあったのではという疑念はずっと持っておりました。父上が腹を切ったのも、実を申しますと、藩のことがご公儀に漏れたと騒ぎが起こったときでした。上役に呼び出されて家を出たまま、帰ってきた時には遺骸となっていたのでございます。切腹したのだと弟は申しておりますが、わたくしの考えでは、父はもともと農民の味方でした。それを咎められて切腹させられたか、あるいはむりやり……そう思っておりました。でも、死人に口なし、たとえ禄は減らされても古田の家の存続を考えれば、余計な詮索は破滅を招くと、口をつぐんできたのでございます。しかしそれをお仲間に言えば、主を疑うとは言語道断と一蹴されると悩んでいたのでございます。酔楽様の話を聞いて、弟はいちいち腑に落ちると申しておりました。ですからこのたびは皆様を説得しようとしたのですが……」

四人は「それでも貴様、本山藩の藩士か」などと吐き捨てるように言い、帰って行ったのだという。

だが今日になって、使いが来た。

柳原河岸にお救い小屋がある。

「そこに夕刻六ツ、来るようにと……私は止めましたが、弟はききません。それで、弟が家を出ると同時に、まずはこちらに走って参ったのでございます」

「相分かった。柳原の河岸はここからは目と鼻の先、あなたはここで待っているように」

求馬はそう言うと、外に出た。

「待って下さい。わたくしも参ります」

千鶴は美根のことをお竹に頼み、お道には酔楽のところに早駕籠を使って走るように言いつけて、藍染袴を靡かせながら求馬の後にしたがった。

むろん、腰には小刀を帯びている。

二人は無言だった。

足を急がせながら、親と死に別れ、真相を知らされぬままに暴走してしまった五人の若者に思いを馳せた。

おそらく、父の汚名を濯《そそ》ぐために、下妻を敵としたに違いなかった。

この先白い目で見られないためにも、そうするしかなかったのかも知れない。

そう思うと哀れに思えてくる。

端から冷静に見れば無謀ともとれる行いも、当人たちにとっては、生きる道はそれしかないと考える下級武士の切なさは、悪政に苦しむ農民たちに似ている。

——あの若者たちを救ってやりたい……。

足を急がせながら、千鶴はそう思った。

はたして、二人が柳原の河岸に到着すると、四人の男たちに囲まれて、順之助が小屋の中に入ろうとしているところだった。

「急ごう」

求馬が千鶴を振り返って言った。

二人は土手を駆け降りた。

そのまま小屋の中に走り込んだ。

求馬と千鶴は息を飲んだ。

順之助が真ん中にうずくまって、よってたかって蹴り上げられていたのである。

「止めろ。順之助を痛めつけて、どうなるものでもないぞ」

求馬が一喝した。

「誰だ……」

若者たちは、順之助を蹴り上げるのをやめて、求馬と千鶴を見迎えた。

「俺は菊池求馬、そしてこの人は名乗らなくとも分かっている筈だ」

「そうか……先生が余計なことをこの順之助に吹き込んだのだな」

「下妻殿を襲ってみろ。今度はおぬしたちの切腹ではことはおさまらんぞ。藩は潰される」

求馬が言った。

「うるさい。お前に何が分かるのだ」

年長と思える男が叫んだ。

「その言葉、そっくりおぬしたちに返してやろう」

四人は求馬の言葉で、一斉に刀の柄に手をやった。

「みんな、止めてくれ。この人たちは俺たちのことを真剣に考えて言ってくれている」

順之助が叫んだ。

「そんなことがあるものか。華のお江戸で浮かれて暮らしている者に、田舎侍の俺たちの気持ちが分かるものか」

「そうだ。なまくら刀を下げた腰抜け侍だ」

若者たちは口々に叫んだ。

「なまくら刀かどうか、勝負をするか……この俺が浮かれた侍かどうか――試してみるか……」

求馬は一同を見回して苦笑した。

「どうだ、この俺と立ち合って負けたら順之助に従う。俺が負けたら順之助ともども、お前たちに従う。それでどうだ」

求馬が言った。しばしの沈黙があった。だがやがて、前に出た者がいる。

「よし、俺がやる」

あの年長の男だった。

「九鬼武一郎《くきぶいちろう》だ。拙者が立ち合おう」

「よし、きまった」

求馬は九鬼を従えて広場に出た。

後の三人も、求馬を遠巻きにするようにして外に出た。

千鶴も順之助を抱えて外に出た。

河岸は、薄闇に包まれ始めていた。
生暖かい風が渡っていた。
二人が刀を抜き連れた時、暮六ツの鐘がなり始めた。
その鐘を耳朶に捕らえながら、静かに立つ求馬――。
――九鬼は求馬様の相手ではない……。
二人の構えを見た千鶴は思った。
だが九鬼の顔は、鬼のように険しかった。
しばらく二人はにらみ合っていたが、動いたのは求馬だった。
それも僅かに……千鶴は誘いだと見た。
ところが九鬼は、求馬が打って来るものだと見たらしい。
いち早く一打をと思う焦りが、九鬼の体を押した。
九鬼は八双の構えのままで、
「やー！」
大声を上げて飛びかかった。
振りおろしたその刀を、求馬はなんなく右に弾いた。
九鬼は求馬の右手に、弾かれた刀を持ったまま体を流した。

その一瞬をついて、九鬼の右手に踏み込んで、求馬の剣は九鬼の喉元にぴたりと突けられていたのである。

喉の皮と、求馬の切っ先は紙一重、微動だに出来ない九鬼の額から脂汗がどっとふき出た。

「九鬼さん」

まわりの三人が動揺して前に出た。

千鶴がその三人の前にずいと出て、小刀に手をやり制した。

「おやめなさい。見ての通り、あなたたちが何人かかっても、求馬様の腕には勝てはしません」

「ま、まいった……」

九鬼が悲鳴のような声を上げた。

その時だった。

土手に二つの影が現れた。

影は馬に跨がっていた。

一人は頭巾を被っていたが、一人は酔楽だった。

息を呑んで見据える男たちの前に、二人はゆっくりと近づいて来て、まず酔楽が、続いて頭巾の武家が馬の背から飛び下りた。

「下妻様……」

千鶴が驚きの声を上げた。

若者たちは、声にならない声を上げた。

「このお人が下妻大和守じゃ。どうしてもお前たちに逢いたいと言ってな――」

酔楽が下妻を振り返って言った。

「馬鹿な男だ。田舎侍にいちいち耳を傾けることはない、わしが行って説得すると言ったのだが聞かぬ、それで連れて来た。お前たち、これで分かったろう、下妻がどんな男か……」

酔楽は五人の若者を一人一人見渡した。

若い武士たちは、意外な展開に言葉を失っていた。

下妻大和守は、ゆっくりと進み出ると、頭巾を取った。

「わしが下妻じゃ」

そして静かに言った。

声にはまだ張りがあったが、よる年波か猫背が目立ち、いかにもそこらあたりにいる隠居風で、牙を剝いていた若者たちを拍子抜けさせるには十分だった。

「わしはな、ここに来るまでは、この愚か者めとお前たちを一喝するつもりであった。だが、こうしてお前たちのその面構えを見て気が変わった。いったん燃え上がった憎しみの炎は、滅多なことでは消えるものではなさそうだとな」

下妻はそう言うと、若者一人一人の顔を見渡した。

若者たちは、自分と目が合うと、ぎくりとして刀の柄を持つ手に力を入れた。ただ、緊張した険しい顔はしているが、目の前の老人にすぐに襲いかかって殺そうというようなものではないと、千鶴は思った。

下妻は言葉を続けた。

「どうじゃ、お前たちに一年の猶予をやろう」

「一年？……どういうことだ。一年になんの意味がある」

年長の武士が叫んだ。

「何の意味？……意味ある一年にするか否かは、そちらで考えよ」

「うまいことを言って、われらが藩をお取り潰しにするのではあるまいな」

「まさか……わしは見ての通りの隠居じゃ。酔楽から聞いたと思うが、この年になってやっと子を授かって、その子のためだけに生きておる。先日も、一年でも長生き出来るように神社に願掛けしたところじゃ。残る命を惜しがる一介の老人じゃ」

「ならばなぜ……」

年長の武士は、身をよじるようにして怒鳴った。

「一年あれば、わしもそなたたちも、冷静に見詰め直すことが出来るのではないかな……一年経って、それでもおまえたちが、自分たちの見たものが正しいと言うのならば、もう一度わしの屋敷に参られよ。その時は老骨に鞭打ってこのわし自らが相手になろう。どうじゃな、わしの提案を聞いてくれぬか」

下妻の言葉に、若者たちの間には、しばらくの沈黙があった。

「わしは、子を持ってはじめて親の愛を知ったような気がしている。そなたたちの父親も、あたら若い命を、わしごときの者のために賭けて欲しいなどとは思ってはおるまい。あの世で祈っている筈だ。幸せに天寿をまっとうしてほしいとな……わしは、そなたたちの親父殿になった気持ちで言っておるのだ」

年長の武士は、踏み込んでいた足を引いた。

だが、沈黙は続いたままだった。

風が、若みどりの茅の先を撫でていく。そのさらさらという音だけが、一同の耳朶にあった。

下妻が言った。

「約束するぞ。それまでお前たちのことは、このわしの胸にしまっておくとな。どこにも漏らさぬ。わしは、そなたたちのように気骨のある若い者たちのために、藩存続に奔走したのじゃ。そのわしが、そなたたちを訴えては、なんのためにお役目をつとめていたのかわからぬからな……」

下妻の言葉は、次第に優しい声音となっていた。

そう……爺やが孫を諭すような、あの声音だった。

「うっ……」

突然、年長の男が嗚咽を漏らして、そこに膝をついた。

すると、それまで我慢していたように、残りの四人も膝をついて嗚咽を漏らした。

意気を喪失していく悔しさ、歯がゆさのための涙のようにも聞こえたが、下妻の心を知って、慚愧の念に堪えられなくなって泣いているようにも見えた。

求馬が静かに刀を納めて千鶴を見遣った。

――求馬様……。

千鶴は、熱くなった胸で求馬を見た。

緑燃える晩春の朝、雨はひととき激しく降ったが、やがて止んだ。

かねてより往診の依頼を受けていた千鶴は、お道とお竹に見送られて、薬箱を持ち、藍染袴で屋敷を出た。

行く先は、神田の武家屋敷だった。

千鶴は雨に濡れた藍染橋に足を掛け、ふと辺りの緑に目をやった。眩しかった。

陽光とともに撫でるように渡る風は、水分をたっぷり含んだ緑の葉を、藍染川の水の面を、きらりと輝かせて抜けていく。

本石町の鐘か、鐘が鳴り始めた。

——ひとつ……ふたつ……。

千鶴は鐘の数を数えていた。

鐘の音を数えながら、あの若者たちは、今頃どうしているだろうかと思った。

国への道を急いでいる筈だった。

柳原の河岸で、下妻の前に号泣した若い武士たちの、あの切ない姿は、まだ鮮明に千鶴の胸に残っている。

千鶴は、さわやかな風を頬に受けながら、先程の走り雨は、あの、若い武士たちのようだと思った。

——医者としてこのわたくしも……。

千鶴は前を見詰めて、颯爽と踏み出した。

この作品は双葉文庫のために書き下ろされました。

双葉文庫

ふ-14-01

藍染袴《あいぞめばかま》お匙帖《さじちょう》

風光《かぜひか》る

2005年2月20日 第1刷発行
2023年9月 1日 第34刷発行

【著者】
藤原緋沙子《ふじわらひさこ》

【発行者】
箕浦克史
【発行所】
株式会社双葉社
〒162-8540 東京都新宿区東五軒町3番28号
［電話］03-5261-4818(営業部) 03-5261-4833(編集部)
www.futabasha.co.jp(双葉社の書籍・コミックが買えます)
【印刷所】
株式会社亨有堂印刷所
【製本所】
株式会社若林製本工場
【カバー印刷】
株式会社久栄社

【フォーマット・デザイン】
日下潤一

ISBN978-4-575-66193-4 C0193
Printed in Japan

井川香四郎　洗い屋十兵衛　江戸日和
逃がして候
長編時代小説〈書き下ろし〉
やむにやまれぬ事情を抱えたあなたの人生、洗い直します――素浪人、月丸十兵衛の人情闇裁き。書き下ろし連作時代小説シリーズ第一弾

池波正太郎
熊田十兵衛の仇討ち
時代小説短編集
熊田十兵衛は父を闇討ちした山口小助を追って仇討ちの旅に出たが、苦難の旅の末に……。表題作ほか十一編の珠玉の短編を収録。

佐伯泰英　居眠り磐音《いわね》　江戸双紙
陽炎《かげろう》ノ辻
長編時代小説〈書き下ろし〉
直心影流の達人坂崎磐音が巻き込まれた、幕府を揺さぶる大事件！　颯爽と悪を斬る、著者渾身の痛快時代小説！　大好評シリーズ第一弾。

佐伯泰英　居眠り磐音《いわね》　江戸双紙
寒雷《かんらい》ノ坂
長編時代小説〈書き下ろし〉
内藤新宿に待ち受けていた予期せぬ大騒動。深川六間堀で浪々の日々を送る好漢・坂崎磐音が振るう直心影流の太刀捌き！シリーズ第二弾。

佐伯泰英　居眠り磐音《いわね》　江戸双紙
花芒《はなすすき》ノ海
長編時代小説〈書き下ろし〉
安永二年、初夏。磐音にもたらされた国許、豊後関前藩にたちこめる、よからぬ風聞。亡き友の想いを胸に巨悪との対決の時が迫る。シリーズ第三弾。

佐伯泰英　居眠り磐音《いわね》　江戸双紙
雪華《せっか》ノ里
長編時代小説〈書き下ろし〉
許婚、奈緒を追って西海道を急ぐ直心影流の達人、坂崎磐音。その前に立ち塞がる異形の僧……。大好評痛快時代小説シリーズ第四弾。

佐伯泰英　居眠り磐音《いわね》　江戸双紙
龍天《りゅうてん》ノ門
長編時代小説〈書き下ろし〉
相も変らぬ浪人暮らしの磐音だが、正月早々、江戸を震撼させた大事件に巻き込まれる。大好評痛快時代小説シリーズ第五弾。

佐伯泰英

居眠り磐音《いわね》 江戸双紙
雨降《あふり》ノ山

長編時代小説〈書き下ろし〉

夏を彩る大川の川開きの当日、花火見物の納涼船の護衛を頼まれた磐音は、思わぬ女難に見舞われる。大好評痛快時代小説シリーズ第六弾。

佐伯泰英

居眠り磐音《いわね》 江戸双紙
狐火《きつねび》ノ杜《もり》

長編時代小説〈書き下ろし〉

両替商・今津屋のはからいで紅葉狩りにでかけた磐音一行は、不埒な直参旗本衆に付け狙われる。大好評痛快時代小説シリーズ第七弾。

佐伯泰英

居眠り磐音《いわね》 江戸双紙
朔風《さくふう》ノ岸

長編時代小説〈書き下ろし〉

南町奉行所年番方与力に請われて、磐音は江戸を騒がす大事件に関わることに。居眠り剣法が春風に舞う。大好評痛快時代小説シリーズ第八弾。

佐伯泰英

居眠り磐音《いわね》 江戸双紙
遠霞《えんか》ノ峠

長編時代小説〈書き下ろし〉

奉公にでた幸吉に降りかかる災難。一方、豊後関前藩の物産を積んだ一番船が江戸に向かう。大好評痛快時代小説シリーズ第九弾。

佐伯泰英

居眠り磐音《いわね》 江戸双紙
朝虹《あさにじ》ノ島

長編時代小説〈書き下ろし〉

炎暑が続く深川六間堀。楊弓場の朝次から行方知れずの娘芸人を捜してくれと頼まれた坂崎磐音は……。大好評痛快時代小説シリーズ第十弾。

佐伯泰英

居眠り磐音《いわね》 江戸双紙
無月《むげつ》ノ橋

長編時代小説〈書き下ろし〉

秋の深川六間堀、愛刀包平の研ぎを頼んだことで思わぬ騒動に。穏やかな磐音の人柄に心が和む、大好評痛快時代小説シリーズ第十一弾。

坂岡真

照れ降れ長屋風聞帖
大江戸人情小太刀

長編時代小説〈書き下ろし〉

江戸堀江町、通称「照れ降れ町」の長屋に住む浪人、浅間三左衛門。疾風一閃、富田流小太刀の妙技が江戸の人の情けを救う。

鳥羽亮
はぐれ長屋の用心棒
紋太夫の恋
長編時代小説〈書き下ろし〉
田宮流居合の達人、菅井紋太夫を訪ねてきた子連れの女。三人の凶漢の魔手から母子を守るため、人情長屋の住人が大活躍。シリーズ第三弾。

鳥羽亮
子連れ侍平十郎
上意討ち始末
長編時代小説
陸奥にある萩野藩を二分する政争に巻き込まれた、下級武士・長岡平十郎の悲哀と反骨をリリカルに描いた、シリーズ第一弾！

早坂倫太郎
橘乱九郎探索帖
閃　殺
長編時代小説〈書き下ろし〉
播倉藩十三万石の三男にして評判の絵師・橘乱九郎は、頻発する首切り事件に巻き込まれ探索を始めるが、得体の知れない刺客に狙われる。

早坂倫太郎
橘乱九郎探索帖
髑髏夜叉《どくろやしゃ》
長編時代小説〈書き下ろし〉
髑髏の面をつけた人斬りは、播倉藩の上屋敷に逃げ込んだ。真心流の遣い手、乱九郎が、許せぬ悪を斬る！　好評シリーズ第二弾。

早坂倫太郎
橘乱九郎探索帖
念仏狩り
長編時代小説〈書き下ろし〉
侍暮らしを嫌って絵師になった真心流の遣い手、橘乱九郎がふとした縁で関わった豪商襲撃の謎。痛快書き下ろし時代小説第三弾。

藤原緋沙子
藍染袴お匙帖
風光る
時代小説〈書き下ろし〉
医学館の教授方であった父の遺志を継いで治療院を開いた千鶴が、御家人の菊池求馬とともに難事件を解決する新シリーズ第一弾！

松本賢吾
竜四郎疾風剣
流星を斬る
長編時代小説〈書き下ろし〉
明和九年の田沼時代、訳あって兄嫁を斬り国を出奔した梢竜四郎。富士の裾野で会得した「流星返し」の豪剣で降りかかる女難、剣難を斬る。

松本賢吾　竜四郎疾風剣
邪悪を斬る
長編時代小説〈書き下ろし〉
植木職人清吉が旗本の奥方との不義密通で手打ちにされた。裏のからくりに気づいた竜四郎が駆ける。好評シリーズ第二弾。

宮城賢秀　伊丹十兵衛惨殺控
賞金稼ぎ
長編時代小説
文政六年正月、浅草の質両替商一家が惨殺された。報奨は三百両。事件の首領を追う賞金稼ぎ、伊丹十兵衛の斬剣が虚空に舞う。

宮城賢秀　吉宗の御庭番
血　陣
長編時代小説〈書き下ろし〉
八代将軍徳川吉宗の手足となって諸国を巡り、縦横の活躍をみせる御庭番・柾城左近たちの暗闘を描く書き下ろし新シリーズ第一弾！

三宅登茂子　密偵　美作新九郎
猫股秘聞
長編時代小説〈書き下ろし〉
佐賀藩の屋台骨を揺さぶる陰謀。藩主鍋島治茂の命を受け、江戸に向かった猫股一族の密偵・美作新九郎の行く手に待ち受ける罠。

吉田雄亮　仙石隼人探察行
繚乱《りょうらん》断ち
長編時代小説〈書き下ろし〉
役目の途上消息を絶った父・武兵衛に代わり、側目付・隼人が将軍吉宗からうけた命は尾張徳川家謀反の探索だった。

六道　慧　浦之助手留帳
花も花なれ
長編時代小説〈書き下ろし〉
越後河田藩の留守居役を退いた山本浦之助。相談事を持ちかけられた浦之助が、備中足守藩小納戸役の不審な死の謎を解く。

六道　慧　浦之助手留帳
霧しぐれ
長編時代小説〈書き下ろし〉
〈江戸城の智恵袋〉の異名をとる山本浦之助が、川柳に託して持ち込まれた相談事に隠された謎を解く。著者渾身のシリーズ第二弾。